講談社文庫

浮舟の剣

鳥羽 亮

講談社

目次

浮舟の剣

深川群狼伝

第一章　富ケ岡八幡宮

1

富ケ岡八幡宮の門前の鳥居《とりい》をくぐったとき、おさよは背後を振り返って見た。まばらな参詣客の間に、その男の顔がチラッと見えた。男は境内《けいだい》の茶屋を覗きながら、ぶらぶらこっちへ歩いて来る。だが、おさよが急いだせいか、男との間はさっきよりずっと離れていた。

……やっぱり、気のせいだわ。

と、おさよは思い、ほっとした。

二十三、四であろうか。肌の浅黒い、目付きの鋭い男だった。角帯《かくおび》に棒縞《ぼうじま》の小袖を着流し、雪駄《せった》を履いていた。商人《あきんど》や職人の身装《なり》ではない。おさよにも、まっとうな暮らしをしている男ではないことは想像できた。

……あの男、あたしを見ている。

おさよが、そう気付いたのは二度だった。

一度目は、拝殿の前で手を合わせ何気なく後ろを振り返ったとき、男はおさよのすぐ後ろにいた。男は慌てて目を逸《そ》らしたが、蛇《くちなわ》を思わせるような細い目が、うなじあたりに注がれていたような気がして背筋が寒くなった。

二度目は、参拝を終えて石段を降りてくるときだった。そのときは気になって、首をまわして背後を見た。

男は二間ほど後ろにいた。おさよと目が合うと、男はすぐに視線をかたわらの茶屋の方に移した。

おさよは気味悪くなり、石段を急いで下りると足早に歩いて鳥居をくぐったのだ。

男との間が離れたことで、ほっとしたおさよは、急いでいた足をゆるめて、参道の左右に目をやった。

そこは、深川、永代寺《えいだいじ》門前東仲町である。道の両側には、水茶屋、料理茶屋、子供屋《こどもや》と称する女郎を抱えておく置屋《おきや》などが軒を連ねていた。富ケ岡八幡宮の周辺は、羽織芸者《はおりげいしや》と呼ばれる女郎のいる遊里で知られた地だが、とくに東仲町にはそうしたたぐいの茶屋や置屋が集まっていた。

まだ、七ツ（午後四時）前だが、通りには参詣客に混じって、遊び人ふうの男や頰っかむりした牢人などが、茶屋を覗いたり水茶屋の前に立つ赤い前掛け姿の女と何やら話していたりする姿が目につく。

おさよは、毎月、朔日《ついたち》に富ケ岡八幡宮に参詣に来ているので見慣れた光景だったが、なるべく見ないようにして足早に通り過ぎるのが常だった。

おさよは、まだ十六になったばかりである。そうした茶屋や料理茶屋のなかで、どのようなことが行われるか想像しただけでも顔が赤くなり、胸の鼓動がはげしくなるのだ。

門前東仲町の賑やかな通りをぬけると、突き当たった正面に掘割《ほりわり》があり土橋がかかっていた。蓬萊橋《ほうらいばし》である。

蓬萊橋の手前を左手に行くと、三十三間堂があり、その先が木場のつづく入船《いりふね》町になる。右手にまがると一の鳥居があり、道は大川にかかる永代橋《えいたいばし》へとつづいている。

おさよは蓬萊橋の手前を右手にまがった。ここから三町ほど歩いた先に、おさよの住居《すまい》でもある船宿《ふなやど》『若松《わかまつ》』があるのだ。

掘割の水は濁っていた。異臭もする。軒を連ねた茶屋や料理茶屋などから汚水が堀へ流れこんでいるせいなのだ。

掘割沿いの道は裏通りになり、まだ店をあけていない縄暖簾《なわのれん》の飲み屋やそば屋などの小体《こてい》な店《たな》がつづき、人通りもまばらになって急に寂しくなる。

蓬萊橋のたもとから、半町ほど歩いたとき、ふいにおさよの目の前に人影が飛び出して来た。

おさよは、ギョッとして、その場に立ちすくんだ。肌の浅黒い目付きの鋭い男。おさよが気にしていた男である。

「待ちねえ。逃がしゃアしねえぜ」

男は蛇のような細い目で、おさよを見つめたまま低い声で言った。

「な、何の用です……」

そう言ったが、おさよの声は恐ろしさで震えた。

「何の用だと、てめえの胸に聞いてみろい。初《うぶ》な面《つら》しやがって、てえした女《あま》だぜ」

男は吐き捨てるように言った。

「そ、そこを、どいてくださいよ。……ひ、ひとを呼ぶから」

おさよは、男の脇をすり抜けようとしたが、

「おう、おう、呼べるもんなら、呼んでみろい。お上の厄介《やっかい》になるのは、おめえの方だぜ」

そう言って、男は行く手をふさいだ。

「……!」

何か、勘違いしてる、と、おさよは感じた。この男、ただひとり歩きの若い女に目をつけて、からんだり脅《おど》したりしてるのとはちがうようだ。

「若い娘にしちゃア、てえした腕だぜ。だがな、伊佐次《いさじ》さまの懐に手を入れたのが運のつき

よ。観念しな」

この男の名は伊佐次というらしい。

伊佐次は近寄って、おさよの手をつかもうとした。

おさよは、蒼《あお》ざめた顔で後じさり、

「な、何のことです」

と、訊いた。

「まだしらを切る気かい。さっき八幡様の前で、おれの懐から財布をぬいたろう」

「さ、財布……。あ、あたし、知りません」

おさよには、まったく覚えのないことだった。

「それじゃア、おめえの左の袂《たもと》に入ってるのは何だい」

伊佐次に言われて、おさよは慌てて袂に手を入れてみた。

ある！

薄い小さな財布が入っていた。おさよは心の臓をつかまれたようにドキンとし、両膝ががくがくと震え出した。

「こ、こんなこと……！」

「それとも、おれの財布が、勝手におめえの袂に飛び込んだとでも言うのかい」

伊佐次は口元に薄嗤いを浮かべたまま、おさよの手から財布をとりあげた。

「あ、あたし、まったく知らないことです……」

おさよは首を振りながら、必死で言った。

「まァ、人目についても、いけねえ。歩きながら、話そうじゃァねえか」

そう言うと、伊佐次は背後にまわり、つっ立ったままのおさよの背を突いた。

「財布には、一分しか入ってねえが、おれにとっちゃァ大金だ」

「………」

おさよは、ふらふら歩きながら、どうして他人の財布が自分の袂に入っていたのか懸命に考えたが、分からなかった。伊佐次の言うとおり、財布が勝手に飛び込んだとしか思えなかった。

「このあたりを縄張《シマ》にしてるのは、山本町《やまもと》の達吉《たつきち》親分だったな。このままいっしょに行ってもいいんだが、そんなことをしても一文《いちもん》の得にもならねえし……」

伊佐次は低い声で言いながら、おさよのすぐ後ろをついてくる。

岡っ引きの達吉親分のことは、おさよも知っていた。ちょっとしたことでも大番屋へ送ると、近所でも評判のこわい親分だった。

おさよの頭の中は恐怖で真っ白になった。

「若い娘をお白洲《しらす》に座らせ、小伝馬《こでんま》町の牢屋へぶちこむのもかわいそうだし……。このまま目をつぶって何もなかったことにしてもいいんだが、ただというわけにゃァいかねえなあ」

「……！」

おさよは首を捻って、後ろの伊佐次に目をやった。濡れ衣だったが、ともかくこの恐怖から逃れたかった。

「おめえの名は」

伊佐次が訊いた。

「お、おさよです……」

「おさよか。……おめえ、若松の娘だな」

「は、はい……」

なぜ、若松の娘と知っているのか、不思議に思ったが、深く考えてみる余裕はなかった。

「こりゃァいい。親に会わせてもらおうか。いくら出すか掛け合ってみようじゃァねえか」

伊佐次はニヤリと嗤《わら》って、すこし足を速めた。

そこから、若松までわずかだった。

店の前に打ち水がしてあり、暖簾《のれん》も出ていた。ちかくの掘割に舫《もや》ってある猪牙舟《ちょきぶね》に、船頭の利之助《りのすけ》がいた。

若松の屋号のはいった半纏《はんてん》に濃紺の細い股引《ももひき》、ほっそりした利之助が怪訝な目をむけ、手にした竿を舟上に置いて駆け寄って来た。遊び人ふうの若い男に追い立てられるようにやってきたおさよの姿に、異常を感じとったようだ。

「おさよさん、どうしました」

利之助は素早い身のこなしで、おさよの前に立った。

「り、利之助……」

おさよはそう言ったきり、喉がつまった。

安堵と、悔しさと、情けなさとが胸からつきあげてきて、おさよは何も言えなかった。

「船頭、おめえに用はねえぜ。店の主人《あるじ》を出しな」

伊佐次は刺すような目で利之助を見つめながら低い声で言った。

2

大川の川開きも過ぎた旧暦の六月の上旬。蓮見《はすみ》宗二郎《そうじろう》は奥座敷の柱に背をあずけて、手酌で酒を飲んでいた。

開けた窓から川風が流れこんできていた。木場へつづく掘割がちかいせいか、風のなかに、かすかな木の香とどぶの臭いとが混じりあっている。それでも、汗ばんだ肌に川面を渡ってきた風は、涼気をふくんで心地よかった。

ゑびす屋は、宗二郎の馴染みの田楽屋《でんがくや》で、いつもの座敷に腰を落ち着けて一刻《いっとき》(二時間)ちかく経つ。

店内は船頭や川並《かわなみ》などで混んでいた。ゑびす屋は入船町の汐見橋《しおみばし》のたもとにあり、日が沈むとちかくの木場《や》で働く川並や船宿の船頭などが顔を出すのだ。

男たちは陽に灼けた赤銅色の肌をさらしながら、飯台《はんだい》に腰を落とし田楽を肴《さかな》に酒を飲んでいる。

威勢のいい男たちが多く、濁声を張り上げてやり合ったり、冗談を言い合ったり、ひどく賑やかだ。熟柿《じゅくし》のように顔を真っ赤にし、立ち上がって箸《はし》で丼や銚子《ちょうし》をたたきながら訳の分からない端唄《はうた》を唸っている男もいる。

そうした男たちの声や談笑は、奥座敷にいる宗二郎の耳にも飛び込んできた。

もっとも、奥座敷といっても、飯台の並んでいる土間のつづきにあり、衝立《ついたて》で間仕切《まじき》りがしてあるだけである。

男たちの話は、ちかごろ深川の米問屋と材木問屋をつづけて襲った押込みのことが多かった。

越後屋《えちご》という米問屋が十日ほど前襲われ、千両箱ひとつ奪われ、女中がひとり斬り殺されていた。そして、一昨日、越後屋と五、六町ほどしか離れていない材木問屋の津島屋《つしま》が襲われて、千数百両が奪われたという。

……政《まさ》よ、土蔵の錠前が開けられ、店の者が気付いたのは翌朝だそうだぜ。

ちかくの飯台の船頭らしい男が、遠慮のない声で話していた。

……越後屋のおはまってえ女中は運が悪かったのよ。小便《ゆばり》に起きて、物音に気付いてひとりで見にいったらしいというじゃァねえか。……そのまま寝ちまえば、殺されることもなかったろうによ。

政と呼ばれた若い男が、顔をしかめて言った。

宗二郎は、手酌で飲みながら男たちの会話を聞いていた。もっとも、話の内容のほとんどは承知していることだった。

宗二郎は同じ入船町にある甚助《じんすけ》長屋に住んでいるが、その長屋でも押込みの話でもちっきりだったからである。

「蓮見の旦那、お酒がきれたでしょう」

衝立を押しやって、おさきが肴と銚子を持ってやってきた。肴は豆腐と里芋《さといも》を串に刺して味噌をつけて焼いた田楽である。

おさきはこの店を切り盛りしてる主人の娘である。娘といっても、二十七にもなる大年増《おおどしま》の出戻りで、女将《おかみ》のような立場なのだ。

一昨年、宗二郎はおさきが三十三間堂ちかくで船頭にからまれていたのを助けた縁で、ゑびす屋に来るようになった。

独り身のせいか、年の割に若く、色白のぽっちゃりした肌をしていて、形のいい小さな唇をとがらせて喋るときなどは、ゾクッとするような色香がある。

おさきは宗二郎のことを憎からず思っているようなのだが、一度男で失敗しているせいなのか、なかなか肌を許す気にまではなれないようだ。

「もう少しで手があくから、それまでひとりでやってて」

おさきは、膝先を宗二郎の太腿にくっつけるように座ると、色っぽい目で見ながら酒を注ぎ、すぐに立ち上がった。

それから、小半刻《こはんとき》（三十分）ほどして、

「やっと、手があいた」

と言って、おさきは嬉しそうな顔をして宗二郎のそばに腰を落とした。

おさきの言うとおり、五、六人、飯台で飲んでいた男たちが店を出て、急に静かになった。

「おさき、まァ、一杯飲め」

宗二郎は銚子を持って、おさきに酒をすすめた。

「駄目よ、あたし、弱いんだから……」

そう言いながらも、おさきは慣れた手つきで杯を出す。

いつものふたりの会話である。おさきは、杯を手にしたまま尻を宗二郎の方へ寄せ、細い顎を突き出すようにして、一気に飲み干した。

おさきの言うとおり、酒には弱く、すぐに白い首筋や頬がほんのりと桜色に染まってくる。その肌と潤んだような目が何とも色っぽい。

「なァ、おさき、ふたりだけで静かに飲みたいものだな」

宗二郎はおさきの耳元に顔を寄せて小声で言う。

「あたしも、旦那と飲みたい……」

おさきは、鼻声で言って尻を寄せてくる。

すかさず、宗二郎は衝立の陰に隠すようにして左手を尻の方へまわす。

だが、店の中で抱き寄せるわけにもいかない。店の主人でもあり父親でもある喜八《きはち》の目がある。せいぜい尻に手をまわして撫でる程度のことである。

もっとも、おさきもそれを承知で、巧みに身を寄せて来るのだ。

「ねえ、旦那、おとっつァんも、旦那が店を手伝ってくれればいいと言ってるし……」

おさきは、宗二郎の目を見つめながら言う。

「おれが、田楽屋をな……」

ここで、宗二郎の尻にまわした手の動きがとまる。

いつものやり取りである。おさきは宗二郎に店に入って田楽屋を継がせたい肚《はら》なのだが、牢人暮らしといえ、宗二郎の方は刀を捨てて田楽屋をやる気にはなれないでいるのだ。

「嫌なの、あたしといっしょになるのが……」

おさきは怒ったような顔をして、少し身を引く。

「い、いや、嫌じゃァない。すぐにも、いっしょになりたいとは、思っておるのだが、なかなかふんぎりがな……」

宗二郎は、慌てて酒を注いで飲み干す。

いつも、ここで宗二郎の昂《たか》まった気がしぼんでしまう。摑まえられるのが怖くて、目の前に投げられた魚にも尻込みしてしまう猫みたいに、情けない気分になるのだ。

そのとき、衝立の向こうで人の気配がした。ほっとして顔を上げると、見慣れた顔が立っていた。

「おお、佐吉《さきち》か」

猫足《ねこあし》の佐吉と呼ばれている男である。小鼻が張り、いつも眠ったような細い目をしている。年は四十五、六。深川門前仲町で鳴海屋《なるみや》という始末屋《しまつや》をしている彦根《ひこね》の文蔵《ぶんぞう》のつなぎ役をしている。

始末屋というのは、本来岡場所や水茶屋などで遊び、金が払えなくなった客を引き受け、つけ馬として家まで同行して取り立てたり、衣類や所持品を金に代えたりして始末をつけるのを生業《なりわい》としていた。

だが、鳴海屋だけは世間の始末屋とちがっていた。むろん、客の遊興費の取り立てもしたが、客商売にありがちな客との揉め事、雇い人の不始末、地まわりや博奕打《ばくちう》ちなどの脅し、同業者とのいざこざなどに対し、『万揉《よろずも》め事始末料《ごとしまつりよう》』、あるいは『御守料《おまもりりよう》』と称し、月々口銭をもらって始末をつけていた。

鳴海屋は深川、本所あたりを主に、そうした店《たな》と契約し店者《たなもの》の身の安全と商売を守る、いわば現在の警備保障会社のような仕事をしていたのである。

「旦那、ちょいと、お話が……」

佐吉はおさきの方に目をやって、ばつの悪そうな顔をした。

「あら、また、佐吉さん。いつも、いいところで顔を出すんだから」

そう言いながらも、おさきはすぐに立ち、いま、佐吉さんの分も用意するから、と言ってその場を離れようとした。

佐吉も、ちょくちょくゑびす屋には顔を出し、おさきとも顔馴染みだったのだ。

「い、いいえ、今夜は飲んでるわけにはいかねえんで」

佐吉は、首をひっこめて小声で言った。

……どうやら、仕事のようだ。

宗二郎は柱に立て掛けてあった刀をつかんで立ち上がった。

3

「ほんとに、帰っちまうのかい……」

縄暖簾《なわのれん》の外まで送り出したおさきは鼻声を出し、胸のふくらみを宗二郎の肩先にくっつけるようにした。

「また、来るからな」

すばやく、宗二郎はおさきの尻をひと撫ぜする。

「待ってるから」

おさきはそう言って、きびすを返すと、黒塗りの下駄を鳴らしながら店にもどっていった。

「なかなか、旦那も、手が早《はえ》え」

しばらく歩いたところで、佐吉がつぶやくような声で言った。

尻を撫ぜたのを見ていたらしい。

「なに、いつまで経っても尻を撫ぜるだけの仲よ」

宗二郎はつまらなそうに言った。事実そうなのである。おさきとの仲はいっこうに進展しないのだ。

「そのくらいが、ちょうどいいんですぜ。尻《しり》でも乳《ちち》でも好きなように触《さわ》れるようになったら、男と女の仲はお終いなんで」

「そんなものか」

「そうですとも。あっしなんざ、もう、その気になれねえ。そばに来ても暑苦しいだけでしてね」

佐吉は悟りきったような口調で言う。

佐吉には、およしという樽《たる》のように太った女房がいる。ふたりの間にはおせつという娘がいて、指物師《さしものし》のところへ嫁にいき、もう孫のいる身だった。

……まァ、暑苦しいというのも分かるがな。

佐吉が樽のように太っている女房と抱き合っている姿を思い浮かべて、宗二郎は佐吉の言うことが納得できた。

「女のことより、仕事のことだ」

宗二郎は話を変えた。

「夜分、呼び出しとなると、始末の依頼だな」

宗二郎を呼び出したのは、文蔵である。

通常、口銭をもらっている店から依頼があると、ちょっとした客との揉め事や遊興費の取り立てなどは、店まわりをしている鳴海屋の雇い人が始末をつけることになっている。ところが、相応の覚悟で脅しにかかる地まわりや徒牢人《いたずらろうにん》、あるいは盗賊、博奕打ちなどにかかわった揉め事になると、雇い人では始末がつけられない。そんなときのために、鳴海屋には始末人と称する腕に覚えの四人の男たちがいた。

宗二郎はその始末人のひとりで、念流《ねんりゅう》の一派である渋沢《しぶさわ》念流の遣い手でもあった。

「へい、元締は明日《あす》の朝でもかまわねえ、とおっしゃったんですがね」

佐吉は歩きながら言った。

「いやァ、早い方がいいだろう」

宗二郎は、ちかごろ深川を騒がせている夜盗にかかわる依頼だろうと思った。大店《おおだな》なら、始末料は安くないはずだ。ちかごろ始末の依頼がなく、宗二郎は不如意《ふにょい》であったのだ。


富ケ岡八幡宮の門前を過ぎ、門前仲町に入ったところで右に折れ、掘割沿いにすこし歩くと鳴海屋が見えてきた。

鳴海屋は表向き、小料理をやっている。店の方は文蔵の女房のお峰《みね》が切り盛りしていて、文蔵はめったに顔を出さない。

玄関先には打ち水がしてあり、客がいるらしく二階の座敷から酔客らしい濁声や笑い声などが賑やかに聞こえていた。

暖簾をくぐって玄関に入ると、襷《たすき》で両袖を絞り前掛けをした娘が駆け寄って来た。

「あら、宗二郎さん、いらっしゃい」

文蔵のひとり娘の小糸《こいと》である。

小糸は十六になるが、可愛がられて育てられたせいか、顔にはまだ子供らしさが残っている。色白で手足も人形のように華奢《きゃしゃ》だが、それでも腰や胸には女らしいふくらみがあった。

小糸はめったに店の手伝いなどしないのだが、今夜は客が多くいそがしいらしい。

「邪魔をするよ」

宗二郎は勝手に雪駄《せった》を脱いで、上がりこんだ。

文蔵のいるところは分かっていた。二階の隅が、文蔵の普段いる座敷と決まっていたからだ。

「宗二郎さん、おとっつァんの話が終わったら、あたしも話があるから……」

そう言うと、小糸は少し頬を紅潮させて、宗二郎の顔を見つめた。

「分かった。そのときにな」

宗二郎はそう答えると、階段を上りはじめた。

小糸の言うことは分かっていた。また、芝居《しばい》へ連れて行け、というのだ。小糸は芝居好きで、宗二郎と顔を合わせると、決まって芝居見物をねだるのだ。

「ごめんなすって」

廊下に膝をついて佐吉が声をかけた。

中からすぐに、入ってくれ、という文蔵の声が聞こえた。

ふたりが障子を開けると、長火鉢の向こうに座っていた文蔵が、

「おう、蓮見さまに佐吉さん、さっそく来てくださったか」

そう言って身を乗り出し、ふたりに側に来るよう手招きした。

文蔵は、すでに還暦ちかい。鬢《びん》も髷《まげ》も白かったが血色は好く、好々爺《こうこうや》のように目を細めて、ふたりを迎えた。

「始末の依頼でござるか」

文蔵の前に座ると、すぐに宗二郎が訊いた。

「はい、蓮見さまには物足りない依頼かもしれませんが」

文蔵は顎のあたりを撫ぜながら愛想のいい声を出した。

「ちかごろ、世間を騒がせている押し込みのことか」

身を乗り出しながら宗二郎が訊いた。

「いえ、その件については、すでに臼井《うすい》さまと銀次《ぎんじ》さんがあたってまして」

文蔵は猫板《ねこいた》の上の莨盆《たばこぼん》に目をやり、小声で言った。

臼井勘平衛《かんべえ》と鵺野《ぬえの》ノ銀次、それにもうひとり、泥鰌屋《どじょうや》の伊平《いへい》という男がおり、宗二郎も加えた四人が鳴海屋の始末人だった。

文蔵の話によると、深川佐賀《さが》町の米問屋、野沢屋《のざわや》、今川《いまがわ》町の魚油《ぎょゆ》問屋、相模《さがみ》屋から、押し込みから店を守って欲しいとの依頼があり、すでにふたりが出かけているという。

「すると、おれの依頼は」

どうやら、押し込みの筋ではないらしい、と宗二郎は気付いた。

「東仲町の若松さんで」

文蔵が言った。

「若松というと、船宿か」

「はい」

「うむ……」

宗二郎はがっかりした。相手が船宿では、高額な始末料は期待できないのである。

宗二郎の顔が曇ったのに気付いたのか、文蔵が、

「どうしますな。気が進まないようなら、伊平さんに話をもっていってもよろしいんですが」

と、宗二郎の顔を覗くように見ながら訊いた。

「い、いや、おれがやる」

宗二郎は慌てて承知した。

「値組《ねぐ》みは、十両」

文蔵が言った。

始末人たちは、別途に始末料をもらって仕事をするのだが、依頼人と交渉して値組みをするのも文蔵の仕事だった。

「十両なァ……」

思ったとおり安かった。

通常、始末人はヒキと呼ばれる男と組んで始末にあたる。ヒキという言葉は手引きからきたもので、ヒキ役の者が相手の素性を調べたり、呼び出したり、仲間の有無を探ったりする。いわば、ヒキは調査や探索にあたる岡っ引きのような役である。

始末料は、始末人とヒキとで折半にするのが決まりだった。したがって、宗二郎の取り分は五両ということになる。

「今日、若松の徳兵衛《とくべえ》さんが見えられましてな。娘のおさよが、遊び人ふうの男に絡まれて困っている。なんとか、始末をつけて欲しいということでしてな」

文蔵が愛用の煙管《キセル》に莨《たばこ》を詰めながら言った。

「そうか。それで、相手の名は」

「伊佐次だそうで」

「伊佐次なァ」

聞いたことのない名だった。かたわらの佐吉の方に目をむけると、ちいさく首を横に振った。佐吉も知らないらしい。

「まァ、くわしい話は若松で訊くことにしよう。それで、ヒキは」

宗二郎が訊いた。

「いつものように、佐吉さんでいかがでしょう」

文蔵は佐吉の方へ、愛想のいい顔を向けて言った。

「佐吉さえよければ、おれはかまわぬが」

佐吉は腕のいいヒキで、宗二郎と組むことが多く、お互いに気心も知れていた。

「よろしく、お願《ねげ》えしやす」

ペコリと佐吉が頭を下げた。

「それじゃァ、前金を……」

言いながら、文蔵は財布を取り出し、宗二郎と佐吉の膝先に金を置いた。

通常、始末料は前金として半分、始末が終わった後、残りの半金をもらうことになっていた。したがって、ふたりの前金は二両二分ずつである。

「今夜のところは、これで」

財布に、小判二枚と一分銀二枚を入れて、宗二郎は立ち上がった。佐吉も文蔵に頭を下げてから、宗二郎の後にしたがった。

玄関に出たところへ、小糸が慌てて奥から出て来た。

「ねえ、宗二郎さん、中村座に連れてって」

小糸が小声で言った。

「中村座なァ……」

思ったとおり、芝居見物のことだった。中村座は日本橋の堺町《さかい》にある江戸三座のひとつである。

小糸はそう言うが、ふたりだけで芝居見物に行くことはできない。当然、母親のお峰がついてくる。母娘《おやこ》の護衛役で芝居見物にいっても、すこしもおもしろくないのだ。

「市川助右衛門《いちかわすけえもん》が、いいんですって」

小糸は目を輝かせて言った。

いま市川助右衛門の道行《みちゆき》の場面が評判をとっていることは、宗二郎も知っていた。

「仕事のかたがついたらな」

宗二郎はそう言うと、慌てて雪駄を履いた。

「きっとよ」

小糸は念を押すように言って、ふたりを見送った。

4

若松の徳兵衛は困惑したような顔で、宗二郎と佐吉を帳場の奥の座敷へ招じ入れた。五十がらみであろうか、鬢《びん》に白いものが混じり老人特有の肝斑《しみ》も浮いていたが、恰幅《かっぷく》のいい体軀には船宿の主人らしい覇気《はき》もあった。

徳兵衛はひととおり、娘のおさよと伊佐次との出来事を話した後、

「てまえどもには、どうしても、言いがかりとしか思えないんでございますよ」

と、苦渋の表情を浮かべて言い添えた。

「それで、娘さんは、掏《す》った覚えがないというのだな」

宗二郎は念を押すように訊いた。

「はい、まったく覚えがないというんですが、袂にその男の財布が入っていたことも事実のようでして……」

　そう言って、徳兵衛は首をひねった。

「うむ。……考えられるのは、八幡宮の前の人混みの中だな。そのとき、逆に娘さんの袂の中に入れられたのでは」

　宗二郎は、徳兵衛の言うことが事実なら、それしかないだろうと思ったのだ。

「あたしも、そうではないかと思い、伊佐次にそれとなく臭わせたんですが、それなら、なぜ、財布を袂に入れたまま蓬莱橋まで来たのだ、盗むつもりがなかったなら、その場で何とか言ったらいいだろう、と凄まれましてね。……それ以上、言い返すこともできなかったのでございますよ」

　徳兵衛は手の甲で額の汗を拭うような仕草をした。

「おさよさんは、何て言ってるんです」

　かたわらに座した佐吉が口をはさんだ。

「はい、おさよは男が、後ろから尾いて来るのが怖くて、気がまわらなかったと……。それに、財布が薄く軽かったそうでして。それで、気付かなかったんじゃないかと思うんですが」

徳兵衛は語尾を濁した。自分でも判断しかねているのだろう。

「もう、ひとつ訊くが、おさよさんはひとりでお参りに出かけたのか」

宗二郎が訊いた。

「はい、その日にかぎってひとりでして……。いつもは、近所の娘や船頭の利之助がついていったりするんですが」

「それで、伊佐次は何って言ってるんだ」

伊佐次が、わざわざ船宿まで来て徳兵衛と会ったということは、相応の金を脅し取る魂胆だろうとは想像できた。

「黙っていてやるから、三十両出せと言いまして」

徳兵衛は宗二郎を見て、顔をしかめた。

「三十両とは、また、ふっかけたな。それで、徳兵衛さんの考えは」

「はい、あたしも、おさよがやったとは思えないし、伊佐次の言うまま、三十両もの大金をくれてやるつもりもございません。それに、お金を出したとしても、伊佐次がそれできっぱり手を引くとも思えないもので」

「そうだろうな。強請《ゆすり》で一度味をしめた者は、かんたんに手を切らぬものだ」

「それで、縁切《えんき》り料《りよう》として十両渡し、それだけで、いっさいあの男とのかかわりを切っていただきたいんで」

徳兵衛が語気を強めて言った。

通常、始末人は一方的に相手を痛めつけたり脅したりして、手を引かせるようなことはしない。ある程度、相手の要求も飲み、両者が納得した上で縁を切らせる。腕ずくで、相手を押さえつけるのは最後の手段である。

命のやり取りをするような強談判《こわだんぱん》はできるだけ避け、恨みを残さずきれいに縁を切らせるのが始末人の腕でもあった。

「いいだろう、それで始末をつけよう」

宗二郎は承諾した。

「ありがとうございます。それでは、これで」

徳兵衛はほっとした顔をし、袱紗《ふくさ》包みを宗二郎の膝先へ押し出した。なかに縁切り料の十両が入っているらしい。

「徳兵衛さん、おさよさんに会わせてもらえるかな。おれからも、訊いてみたいことがあってな」

宗二郎は袱紗包みを懐にねじこみながら言った。

一方的に、依頼者の言葉だけ信じて始末にかかると、とんだしっぺ返しを食うことがある。とくに、脅されているのが若い娘となると、相手の男との関係をつかんでおかなければならない。

　実は、相手の男と深い仲で、親から金を引き出すための狂言だったなどということもない

とはかぎらないのだ。

「すぐに、呼んで参りますので」

　そう言い置いて、徳兵衛は慌てて立ち上がった。

　徳兵衛に連れられて姿を見せたおさよは、顔が蒼《あお》ざめ怯えたような目をしていたが、なか

なかの美形だった。うりざね顔で、色白のふっくらした頬や形のいい唇などには女らしい色

香がある。

「伊佐次とは、そのとき初めて会ったのかね」

　宗二郎はやさしい声で訊いた。

「は、はい……」

　おさよの膝の上で握りしめた両手が、ちいさく顫《ふる》えていた。だいぶ緊張しているようだ。

「財布には、銭がどれほど入っていた」

「い、いえ、それが、まったく分からないんです。ただ、あの男《ひと》は一分だけしか入ってない

と言ってました」

「そうかい。一分な」

おさよは嘘を言っていないようだ、と宗二郎は感じた。

まず、自分が掏った財布なら拝殿の前から蓬萊橋に行く間に、どれくらい入っているか必ずつかんで確かめてみるだろう。一分しか入ってない財布では、空《から》かびた銭が一枚とみるだろう。そんな財布を袂に入れたまま、蓬萊橋あたりまで歩いて来るとは思えない。掏摸《すり》なら途中で捨ててしまう。

……伊佐次が若松を強請《ゆす》るために、おさよの袂に入れたようだ。

と、宗二郎は確信した。

「おさよさんといったな。心配せずともよい。後腐れのないよう、おれがきっちり話をつけてやる。ただ、しばらくの間、ひとりで出歩くのは我慢してもらおうか」

始末がつくまで、伊佐次と会わない方がいい、と宗二郎は思ったのだ。

「は、はい……」

おさよはほっとしたように表情をくずし、笑みを浮かべた。頰や首筋がほんのりと朱に染まり、頼もしそうな顔で宗二郎を見つめている。

「それでは」

宗二郎は立ち上がった。

若松の外に出ると、宗二郎は猪牙舟の舫《もや》ってある掘割沿いを歩きながら、

「佐吉、伊佐次を洗ってくれ」

と、頼んだ。

「承知しやした。二、三日で、正体《ち》をつかんできまさァ」

そう言うと、佐吉は足早に宗二郎のそばを離れていった。

5

深川、佐賀《さが》町。大川端の柳が川風に揺れていた。十六夜《いざよい》の月があり、さざ波に揺れる川面が、銀鱗を撒いたように輝いている。

子《ね》ノ刻《こく》（零時）を過ぎていた。この時期、大川は屋《や》形船《かたぶね》や箱船《はこぶね》などの涼み船の灯《ひ》や花火などで、華やかな色彩と騒音にあふれているのだが、さすがに、この時刻になると川面もひっそりとして彼此《おちこち》に小形舟のちいさな灯《ひ》が見えるだけである。

永代橋から半町ほど離れた柳の樹陰にひとりの男が立っていた。牢人らしい。二刀を帯びていたが、月代《さかやき》や髭《ひげ》が伸び、煮しめたような茶の素袷《すあわせ》ひとつである。

さっきから、牢人は樹陰のなかに身動《みじろ》ぎもせず立っていた。頬がこけ、肌は土気色をして生気がない。底びかりする双眸は、虚空にとまったままである。その身辺には、地の底から這い出してきた死人《しびと》のような不気味さがただよっていた。

いっとき経ち、永代橋の方から歩いてくる足音と人声がした。人影はふたつ、酔客らしく舌のからまるような濁った声だった。

小袖《こそで》に袴《はかま》姿で大小を差していた。御家人か軽格の藩士といった身装《みなり》である。

樹陰の牢人は、スッとふたりの前に出た。

ふたりは、ギョッとして、その場に棒立ちになった。

「だ、だれだ！」

瘦身《そうしん》の武士が、声をあげた。

牢人は無言だった。黒い影だけが、そのまま立っているような暗い陰湿な姿である。

「邪魔だ。そこを退かれい！」

もうひとりの小柄な武士が叱咤《しった》するような声で言った。不気味さはあったが、相手は瘦せ牢人ひとりと侮ったらしい。

牢人は無言のまま動かなかった。その目はふたりの武士を見てはいなかった。虚空にとまったままなのである。

「ら、乱心者か」

瘦身の武士がそう言って、脇をすり抜けようと歩きだした。

そのとき、ふいに牢人が抜刀した。刀身が月光を反射して、青白い光芒を夜陰に曳《ひ》いた。

牢人は無言のまま下段に構えた。ぬらりとつっ立った牢人の体が、異様な殺気を放射している。

「つ、辻斬りか！」

痩身の武士がうわずった声をあげた。

おのれ！　と、叫びざま、小柄な武士が抜いた。痩身の武士もつられ抜刀し、切っ先を牢人にむける。

牢人とふたりの武士との間合は、三間ほど。

ふたりの武士は多少腕に覚えがあるらしく、青眼に構えたまま牢人の左右にまわりこみ間合をつめはじめた。

牢人は覇気《はき》のない身構えのまま、ぬらりとつっ立っていた。その体がかすかに揺れている。だらり、と足元に落とした切っ先が、月光を反射して魚鱗のような光を放っていた。

「うぬの名は！」

痩身の武士が誰何《すいか》した。

そのとき、牢人が顔をあげ、

「敵は舟、われは水なり、水澄みて、舟の動かば……」

そう、呪文のように唱えたが、小声で最後まで聞き取れない。

ふたりの武士には、何のことか分からなかった。ただ、そう唱えた直後、牢人の体の揺れが激しくなり、間合が急につまったのをふたりの武士は感じた。

左手にいた痩身の武士は、牢人の体が眼前に迫ってくるような異様な威圧を感じ、何か霊気のようなものに体が包まれたような気がしてゾッとした。

イヤアッ！

恐怖に衝《つ》き動かされるように、痩身の武士が刀を振り上げて間境《まざかい》を越えた。

フッ、と牢人の影のような体が動いた。次の瞬間、その姿が消え、痩身の武士は腹に凄まじい衝撃を感じた。

痩身の武士が振りかぶって斬り落とすまでの、ほんの一瞬の間だった。牢人は右に体《たい》をひらきざま、武士の腹部を薙払《なぎはら》ったのだ。

痩身の武士は腹部を截断され、臓腑を溢れさせながらくずれるようにその場に倒れた。喉を裂くような呻き声と血の噴出音が、牢人の足元で聞こえた。

「お、おのれ……！」

小柄な武士が叫んだ。

だが、牢人の凄絶な斬撃に色を失い、戦意はなえていた。恐怖に身が竦み、構えた刀身が笑うように揺れている。

スッ、と牢人が前に出た。

ヤアアッ！　と、甲声《かんごえ》を発し、まるで、牢人の持つ黒い影に吸い寄せられるように小柄な武士は斬りこんでいった。

牢人は、また体をひらきざま武士の腹を薙払う。

絶叫をあげて、小柄な武士が倒れる。夜陰のなかで、わずかな呻き声と四肢の動く音がしたが、すぐに岸辺に寄せる波音だけになった。

牢人は、その武士の袖口で刀身についた血糊《ちのり》を拭き取ってから納刀し、屈み込んでふたりの懐を探った。

抜き取った財布を己の懐に入れると、牢人は何事もなかったように大川端の道を川上にむかって歩きだした。

血の濃臭だけが、闇のなかにただよっている。

この辻斬りの凶行を、一町ほど離れた柳の樹陰で見ていた男がいた。四十代半ばであろうか、目のギョロッとした大きな顔の男で、熊造《くまぞう》という名である。熊造は、深川今川《いまがわ》町で太田《おおた》屋《や》という口入《くちい》れ屋をしていた。

熊造は深川黒江《くろえ》町の料理茶屋で飲んだ帰りだった。永代橋の橋詰《はしづめ》を通り、今川町へ向かう途中、入り乱れる人影を目にして川端の樹陰に身を隠したのだ。

……辻斬りだな。

と熊造は直感した。

そして、一瞬のうちにふたりの武士を斬殺した辻斬りの腕に驚嘆した。

……こいつは、使える。

と思った熊造は、すぐに牢人の後を尾け始めた。

足音を消し、たくみに物陰に身を隠しながら牢人の後を尾けていく。黒の絽羽織《ろばおり》を体に巻き付け着物の裾を後ろ帯にはさみ、前屈みになって闇のなかを縫うように進んでいく。その敏捷な動きは、獲物を追う獣を思わせる。どうやら、熊造もただの口入れ屋とはちがうようだ。

牢人は今川町を過ぎ仙台堀《せんだいぼり》にかかる上ノ橋を渡り、清住《きよずみ》町の米問屋の角をまがって狭い露地に入っていった。

細い露地の先が棟割り長屋になっていた。牢人は露地木戸《ろじきど》を押して幾棟もつづく長屋のなかに姿を消した。

……忠兵衛《ちゆうべえ》長屋か。

熊造は木戸の張り紙を見て、長屋を確認するときびすを返した。

辻斬りの住居《すまい》が分かれば、今夜のところはじゅうぶんだった。あとは、店に出入りしている若い者に調べさせればいい、と熊造は思ったのである。

6

三日後、源吉《げんきち》という店に出入りしている若い者が牢人のことを聞き込んできた。熊造は若いわりに機転が利くのとすばしっこいのが気に入って、日雇い人足だった源吉を店に住まわせ手先のように使っていたのだ。

敷地の奥にある離れに、姿を見せた源吉は、

「頭、あらかたつかんできましたぜ」

そう言って、目をひからせた。

表通りに面して太田屋はあったが、口入れ屋の仕事以外のことで人と会うときは、奥の離れを使うことが多かった。

口入れ屋というのは、人宿《ひとやど》、肝煎《きもいり》所などとも呼ばれ、下男下女や中間などの奉公人の世話をしたり、日雇い人足などを手配したりする仕事で、たえず人の出入りがある。秘密裡に話したいときのために、熊造は奥に土間と座敷がひとつあるだけの離れを造っていたのだ。

「名は」

「塚本浅次郎《つかもとあさじろう》。……三年ほど前から忠兵衛長屋に住みついてるそうで」

「ひとりか」

「へい、長屋の者の話では、清住町に来る前は、小石川の方にいたとか。……親兄弟もなく、ひとり住まいだそうで」

どういう経緯で清住町に来たのか、長屋の者も知らないようです、と源吉は言い添えた。

「暮らしはどうやってたてている」

辻斬りだが、世間の目がある。おもて向きには何らかの生業《なりわい》をもっているはずである。

「おきまりの傘張りで……」

源吉の顔に揶揄《やゆ》するような嗤いが浮いた。

傘の古骨に紙を張るのが、貧乏牢人の内職の常套手段である。

「そうか。……すぐに、与市《よいち》を呼んでくれ」

熊造はそう言って、立ち上がった。

忠兵衛長屋まで出かけ、塚本と会ってみるつもりだった。

「頭、あっしのお供じゃァ、都合が悪いんで」

源吉が不満そうな顔をした。熊造に頼りにされていないと思ったようなのだ。

与市は、源吉の兄貴分のような男で熊造の片腕でもあった。匕首《あいくち》を巧みに遣い、仲間うちでは疾風《はやて》の与市と呼ばれて恐れられていた。匕首を握ってからの動きが、疾風のように迅《はや》いことから付いた名である。

「なあに、おめえには、ほかに頼みてえことがあるのよ」

熊造は、指先で着物の襟元をつまんで直しながら小声で言った。

「頭、なんです」

「面倒だが、小石川まで足を伸ばしてな、塚本がどうして清住町に流れてきたのか、ほんとに親兄弟はいねえのか、そのあたりを聞き込んでもらいてえんだがな。この調べは、おめえしかできねえと思ってな」

「へい、分かりやした」

源吉は機嫌をなおしたらしく、威勢よく飛び出していった。

それから小半刻（三十分）ほどして、熊造は与市を連れて太田屋を出た。行き先は忠兵衛長屋である。

与市は色の浅黒い剽悍《ひょうかん》そうな男だった。とがった顎と細い目が酷薄そうな印象を与える。頬に刀傷があり、棒縞《ぼうじま》の小袖を着流した体にはひき締まった筋肉がつき、いかにも敏捷そうだった。

「頭、そいつが言うことを聞かなかったらどうしやす」

低い声で、与市が訊いた。

「縁がなかったとあきらめ、おとなしく引き下がるさ」

熊造は口元に薄い嗤いを浮かべながら答えた。

「それでいいんですかい」

「いいさ。むこうが承知するまで、こっちのことは口入れ屋としか知らせやァしねえ。それに、むこうは辻斬りだ。町方に訴え出るようなことはあるめえ」

熊造は、かたわらの与市を振り返って、

「おめえ匕首を抜くのは、むこうが刀を抜いてからだぜ」

と、念を押すように言った。

長屋の腰高障子《こしだかしょうじ》は破れ、土間には埃をかぶった傘の古骨が立て掛けてあった。狭い土間と六畳一間だけの狭い長屋である。中は薄暗く、風通しが悪いせいか、湿気をふくんだ大気がよどんでいる。

座敷の隅に枕屏風《まくらびょうぶ》があり、そのそばに牢人がひとり胡座《あぐら》をかいていた。痩せた陰湿そうな男である。黒鞘《くろざや》の刀を左手で抱え込むようにして、粗壁《あらかべ》に背をもたせかけている。生きているのか、死んでいるのか分からないような不気味さがあった。

「ごめんなすって」

熊造が声をかけた。

牢人は顔を上げて土気色の陰気な顔を戸口にむけたが、何も応えなかった。すぐに視線を落とし、凝《じっ》としたまま立ち上がる気配も見せない。

「失礼しますよ」

熊造は戸口から入り、上がり框《がまち》の前に立った。すぐ、背後に与市がしたがっている。

「町人、なんの用だ」

ぼそり、と牢人が言った。

「はい、てまえ、今川町で口入れ屋を営む熊造と申す者でございます。こちらは、うちの雇い人の与市でして」

熊造は愛想笑いを浮かべながら言った。

「口入れ屋が、おれに何の用だ」

牢人は顔だけ戸口の方へむけた。底びかりのする双眸に、心底を探るような猜疑の色がある。

「はい、塚本さまにおりいって相談がございまして……」

熊造は声を落としてそう言うと、後ろを振り返って辺りの気配をうかがうように視線をまわした。

長屋は森閑として、ちかくに人のいる気配はない。離れた棟で、赤子の泣き声と女の甲高い声が聞こえてくるだけである。

「塚本さまは、このような裏長屋に埋もれているお方ではないと存じましてね」

熊造がもみ手をしながら言った。

「どういうことだ」

「その剣術の腕を生かされては、いかがでございましょう」

そう言いながら、熊造は塚本の方へ近寄った。

「生かすとは」

塚本が訊いた。

「はい、あたしどもにその腕を貸していただきたいんで……。なに、あたしにも、いろいろ揉め事がございましてね。始末をつけたい相手もございましてな」

熊造の顔から愛想笑いが消えていた。ギロリとした目に残忍なひかりが宿り、頬骨の張った大きな顔が、獰猛《どうもう》な獣を思わせた。

「用心棒か」

「いえ、殺しをお願いしたいんで」

熊造は塚本を見つめながら低い声で言った。

「殺しだと……。口入れ屋が人殺しを請け負っているのか」

牢人の双眸が、刺すようなひかりを帯びた。

「正直に申しますとね、塚本さまが、傘張りをおもての顔になさっているのと同じように、あっしにも裏の顔がございやして」

熊造は、自分の裏稼業を匂わすと同時に、塚本の辻斬りのことにも触れたのだ。

「それで、おれが断ったら」

牢人は左手で抱えるように持っていた刀を膝の上に置き、鯉口を切った。

だが、両手で刀をもてあそんでいるだけである。両肩を落としたまま立ち上がる気配もない。

「いえ、お断りなされるなら、それまででございます。今後は、お互い顔を合わせたこともない他人ということになりましょうな。……まァ、すぐにということではございませんので、また、寄らせいただきますよ。これは、ほんの挨拶がわりでして」

　熊造は懐から、紙包みを取り出して畳の上に置いた。二両包んである。

「口入れ屋の熊造か、覚えておこう」

　牢人はそう言うと、また、刀を抱えるように持って目を閉じてしまった。

　熊造は与市を連れて長屋を出た。

　露地木戸をくぐり、表通りに出たところで、

「頭、あの牢人、あっしらの思いどおりに動きますかね」

　と、小声で訊いた。

「さあな。……だが、あの男、金のためだけで人を斬っているんじゃァねえなあ。相手次第で腰をあげると、見るがな」

「それにしても気味の悪い男だ。……頭、大島《おおしま》様とあっしで、始末がつくんじゃァありませんかね」

　与市は不服そうに言った。

　熊造は大島兵部《ひょうぶ》という牢人にも、殺しの話を持ちかけていた。大島は玄武《げんぶ》流槍術の道場主

だったが、門弟が集まらず、棟割り長屋でくすぶっているところを熊造が声をかけたのである。

「いや、鳴海屋の始末人たちは腕がいい。ひそかに始末するには、おめえと大島様だけじゃァ足りねえ」

熊造はそう言って、永代橋の方へ挑むような目をむけた。

大川の岸辺を夕闇がつつみ始めていたが、橋上は涼み客で賑やかだった。川面では、くりだした幾艘もの涼み船の灯《ひ》が華のように揺れていた。

「おれは、このまま引き込んじまうつもりはねえぜ……」

華やかな屋形船を見つめながら、熊造はつぶやくような声で言った。

7

「……旦那、もう起きたらどうです」

板戸をたたく音がし、すこし苛立ったような佐吉の声が聞こえた。

目をこすって戸口を見ると、板戸の隙間から夏の強い陽が射しこんでいる。どうやら、五ツ（午前八時）は過ぎているようだ。

宗二郎はむっくりと起き上がると、くずれた襟元を直し、よれよれの袴をたたいてから土間へ降りた。昨夜、ゑびす屋で飲み、面倒なのでそのまま横になって眠ってしまったのだ。

「待て、待て、いま開けてやる」

宗二郎は板戸を開けた。

とたんに、目を射るような強い陽射しが、宗二郎の眠気をいっきに吹き飛ばす。

「おお、佐吉、やけに早いな」

大口を開けて、ひとつ欠伸《あくび》をしてから、宗二郎は台所の柄杓《ひしやく》で水を汲み、一気に飲みほした。飲んだ翌朝の冷たい水は、ことのほかうまい。

「いま、何時《なんどき》だと思ってるんです。五ツ半ですぜ。いまごろ寝てるのは、病人か赤子ぐらいしかいませんぜ」

佐吉はあきれたような顔をした。

「それで、何かつかんだのか」

朝っぱらから佐吉が長屋まで足を運んで来たのは、伊佐次のことで何かつかんだからだろう、と宗二郎は見当をつけた。

「へい、あらかた、調べはつきましたぜ」

佐吉は細い目を宗二郎にむけた。

「話してくれ」

宗二郎は上がり框《がまち》に腰を落とした。

「あのやろう、なかなかの悪《わる》ですぜ」

佐吉の話によると、伊佐次という男は、富ケ岡八幡宮、両国広小路あたりの人混みを稼ぎの場にしていた掏摸《すり》だったという。

「ですが、掏摸の腕はいまひとつで、仲間うちでも小馬鹿にされていたようなんですが、三年ほど前から手を変え、ちかごろでは、深川、両国あたりじゃァ稼ぎ頭で、ちょっとした顔だそうです」

佐吉は両国を縄張にしている掏摸のひとりから聞き込んだと話した。

「手を変えたとは」

「へい、掏り取るんじゃァなく、入れるんだそうで」

「入れるだと」

「なんでも、袂返《たもとがえ》しというんだそうですが、裕福で世間知らずの娘や若旦那に目をつけ、用意した財布を袂にすべりこませるらしいんで。……てめえの袂から相手の袂へ入れ替えるので、袂返しと呼ばれてるようです」

「なるほど、おさよは、そいつにひっかかったか」

おさよの袂の財布は、伊佐次によって故意に入れられたようだ。

「まず、まちげえねえでしょう。あっしが聞いた話じゃァ、この袂返しってえのは、相手の袂に入れるのは、それほどむずかしいことじゃァねえそうで。……むずかしいのはその後だそうでしてね」

佐吉の話によると、入れた直後に相手に気付かれ、人目のあるところで騒ぎ出されたら、脅すこともできず、財布をそのままにして逃げ出すか、誤って落としたものが偶然袂へ入ってしまったと詫びて、取り返すかしかないという。

そこで、目をつけた相手の袂に財布を入れた後、人混みから離れるまでは気付かれないようにする必要がある。そのため、何かで気を引くか、怯えさせるかして、意識を別のことへむけておくという。

「そうか、おさよが見知らぬ男に尾けられていると思い、怖くて気がまわらなかったといっていたのは、伊佐次の術に嵌《は》まったからだな」

宗二郎は、なぜおさよが袂の財布に気付かなかったか不審に思っていたが、これで腑に落ちた。

「伊佐次という男は、相手の気を逸らせるのが巧みだそうでしてね。……それに、財布を袂に入れたまま人目のないところまで来ちまうと、掏った覚えはない、と言っても、それじゃア、なぜそこにおれの財布があるんだと凄まれると、どうにも言い返せないそうなんで。それに、町方に訴え出ると言われたら、たいがいの者は震えあがっちまいますからね」

「なるほど、伊佐次という男、なかなか悪知恵が働くようだ」

宗二郎は、お上に対する恐怖心を利用して善人を食い物にしている伊佐次のやり方に腹がたった。

「どうします、旦那」

佐吉が上がり框から腰を上げて訊いた。

「徳兵衛の依頼どおり、始末をつける」

「伊佐次を引き出しますか」

「そうだな、段取りをつけてくれ。場所は、島田屋《しまだや》の材木置き場がいいだろう」

島田屋というのは木場町にある材木問屋で、三方を掘割にかこまれた奥まった所にあり、人目を避けて交渉するにはいい場所だった。

「承知しやした。二、三日のうちに段取りをつけやすので」

佐吉はそう言って、きびすを返した。

「待て、途中までいっしょに行こう」

宗二郎も上がり框から腰を上げた。

腹が空いていた。朝餉《あさげ》がまだだった。これから飯を炊く気にはなれないので、ゑびす屋のおさきに頼んで握り飯でも作ってもらうつもりだったのだ。

8

三日後、宗二郎は念のために刀の目釘《めくぎ》を濡らし、雪駄の鼻緒を確かめてから甚助店《じんすけだな》を出た。

……五ツ（午後八時）に、島田屋の材木置き場に伊佐次を連れていく、と鳴海屋のまわり役の者から佐吉の言伝《ことづて》がとどいたのだ。

すでに辺りは夜陰につつまれていたが、月が出ていて提灯《ちょうちん》はなくとも足元は明るかった。

宗二郎は入船町から掘割沿いの道を木場町に向かって歩いた。この辺りは木場が多く、掘割や貯木場に丸太が浮かび、いたる所に材木が立て掛けてあったり積んであったりする。江戸湾もちかく、風のなかに木の香と潮の匂いとがまじりあっていた。

島田屋の材木置き場に、人影はなかった。言伝のあった五ツには、まだ間があるようである。

宗二郎は鋸《のこ》と鉋《かんな》を入れ、柱として製材された材木の積んである脇へ腰を落とした。辺りは森閑として、材木の陰から細い虫の音が聞こえていた。ちかくにある貯木場に浮いた丸太が風に動き、ごつごつと重い音を響かせている。

宗二郎は虫の音を聞きながら、佐吉と伊佐次のあらわれるのを待った。

しばらく待つと、足音がし、虫の音がやんだ。見ると、町人らしい人影がふたつ、こっちにやって来る。

宗二郎は立ち上がった。

月明りに、佐吉と二十三、四と思われる目付きの鋭い男の姿が浮かんだ。棒縞《ぼうじま》の小袖を着流し、雪駄履きで懐手《ふところで》をしていた。遊び人か博奕打ちといった感じの男である。この男が、伊佐次であろう。

伊佐次らしい男が目を剝いて、立ち止まった。前をふさぐように立った宗二郎に、驚いたようだ。

「どういうことでえ！　話がちがうじゃァねえか」

男は懐手を抜いて、後じさった。

その背後に、すばやく佐吉がまわりこむ。

「伊佐次さん、あっしは若松の者から渡してえ物があると言ったまででさァ、だれが居るのか話しゃァしませんでしたぜ」

佐吉が言った。

どうやら、佐吉は若松から金を渡すことを匂わせて、伊佐次を呼び出したらしい。

「その男の言うとおりだよ。おれは、若松から依頼された者だ」

宗二郎は伊佐次の前に立った。

「てめえたち、鳴海屋の始末人だな」

「いかにも」

どうやら、伊佐次は鳴海屋のことを知っているようだ。

「そ、それで、おれをどうする気だい。斬るつもりじゃァあるめえな」

伊佐次の声は震えていた。それほど性根の据わった悪党でもないらしい。

「おれたちは、揉め事を丸く収めるのが商売だ。手荒なことはせぬし、お上ともかかわりはもたぬ」

宗二郎の言うとおりだった。

始末人が刀を抜くのは最後の手段である。また、よほどのことがなければ、町方に訴えて捕縛させるようなこともしない。双方が納得した上で、きれいに縁を切らせるのが始末人の腕でもあるのだ。

「丸く収めるとは、どういうことでえ」

少し安心したのか、伊佐次の声に勢いがでた。

「五両で、きっぱりと若松から手を切ってもらう」

宗二郎が強い口調で言った。

若松の徳兵衛から縁切り料として十両もらっていたが、宗二郎は五両で切り出した。これは始末人として宗二郎が身につけた交渉術なのである。初めから十両と言って、それだけで話をつけると、相手はもっと要求してもよかったのではないかと欲が出る。その欲が、次の脅しにつながることがあるのだ。十両が限度だったと相手に思わせることが大事なのである。

「ご、五両だと、冗談いっちゃァいけねえや。おれは、三十両と言ったんだぜ。娘の命と引き換えだ。三十両は高かあねえぜ」

伊佐次は苛立ったような声を出した。

「おい、伊佐次、こっちはおまえの袂返しのことは、承知の上で言ってるんだ。お上へ訴え出たいのはこっちだぜ。五両はな、おめえが金輪際《こんりんざい》若松の者に手を出さねえ縁切《えんき》り料なんだよ」

「……！」

伊佐次の顔がこわばった。

だが、息を飲んで宗二郎の顔を見つめていたのは、いっときで、すぐに開き直ったような表情があらわれた。

「袂返しなど、知らねえな。お上に訴えるなら、訴えな。どっちの話を信じるか、お奉行さまに聞いてみようじゃァねえか」

伊佐次は袖をたくし上げ、顎を突き出した。

「いきがるな。こっちは丸く収めようとしてるんだ。欲を出さずに、五両で手を打て」

「五両なァ。……三十両とは言わねえ、二十両でどうだい」

伊佐次が上目遣いに宗二郎を見ながら言った。

「十両だ。それ以上、一文も出さぬ。それで手を打たぬなら、この場でおまえを斬ることになる」

宗二郎は刀の柄に手をかけて、一歩近寄った。

伊佐次は、慌てて後ろへ飛びすさった。

「じょ、冗談じゃァねえや。……い、いいだろう。それで、手を打つ。十両で若松とは縁を切るぜ」

「よし、これで、話はついた」

言いながら、宗二郎は懐に手を入れ、袱紗に包んだ十両を取り出した。

「伊佐次、おれの名は蓮見宗二郎だ。この始末はおれがつけた。分かってるだろうが、今後、若松に手を出すようなことがあれば、おれの顔がつぶれる。そうなれば、どんなことをしてもおまえを斬らねばならぬ。そのつもりでな」

宗二郎は念を押してから、伊佐次に十両渡した。

「わ、分かってるぜ。二度と若松の者に手は出さねえ。……じゃァな」

伊佐次は懐に十両ねじ込むと、小走りにその場を去っていった。

「旦那、うまくいきましたな」

佐吉が目を細めて、そばに歩み寄ってきた。

「思いどおりに、始末がついた」

宗二郎はゆっくりとした足取りで歩き出した。すぐ後ろを佐吉がついてくる。

「旦那、このまま帰るには、ちと早《はえ》えようで」

佐吉が目を細めて、猫撫声《ねこなでごえ》を出した。

「ゑびす屋に寄ってくか」

「へい、おともいたしやす」

佐吉の足が急に早くなった。佐吉も酒には目のない男なのだ。青白い月光のなか、足元に落ちた大小ふたつの影が弾むように過ぎていく。

第二章　岩《いわ》　燕《つばめ》

1

始末人のひとりである臼井勘平衛は、佐賀町にある与平《よへい》長屋に住んでいた。この日、臼井は、女房の房江《ふさえ》と三つになる娘のおさとに見送られ、六ツ（午後六時）前に、長屋を出た。

このところ、今川町の魚油問屋、相模屋の依頼で、深川を騒がせている夜盗から店を守るために夜だけ泊まりこんでいたのである。

臼井は、長屋の木戸をくぐると表通りには出ずに、掘割沿いの道を今川町へむかった。相模屋は仙台堀《せんだいぼり》に面した通りにあり、与平長屋からは五、六町しか離れていない。通い馴れた道である。

辺りを夕闇がつつみ、裏店《うらだな》にぽつぽつと灯《ひ》の点りはじめるころであった。ときおり、子供の笑い声や女の甲高い声などが聞こえてきたが、通りに人影はなかった。道の片側の掘割沿いには柳が植えられ、反対側は長屋や裏店の板塀などがつづく寂しい場所である。

前方にふたつの人影があった。

柳の樹陰に身をひそめるようにして立っている。ひとりは武士で槍を手にしていた。もうひとりは、町人ふうである。

……あのふたり、おれを待ち伏せていたようだ。

と、臼井は察知したが、歩をゆるめなかった。

刀の鯉口を切り、ふたりの様子をうかがいながら近付いた。

「ちょいと、おうかがいいたしやす。臼井さまで」

前に立ったふたりのうち、町人ふうの男が声をかけてきた。

頬に刀傷のある敏捷そうな男である。臼井は知らなかったが、この男、疾風の与市である。もうひとりの武士は牢人らしく、総髪を後ろで束ねていた。痩身で、鼻の高い顎のとがった男だった。臼井を見つめた目に猛禽《もうきん》のような鋭さがある。

……このふたり、手練だ。

と、臼井は感知した。

とくに、槍を手にした牢人を警戒した。尋常な遣い手でないことは、痩身の割に太い腕やどっしりとした腰などからも見てとれた。

「いかにも、おてまえ方は」

臼井は三間余の間合をとって対峙した。槍の刺撃の間より遠く立ったのだ。

「名乗るほどの者じゃァござんせん」

町人ふうの男が低い声で言ったが、武士の方は名乗った。

「大島兵部《ひょうぶ》と申す」

「大島どの……」

臼井はその名に覚えがあった。

会ったことはなかったが、谷中に玄武流《げんぶりゅう》槍術の道場があり、その道場主の名が大島兵部だったと記憶していた。

「されば谷中で槍術の指南をなされているお方か」

臼井が訊いた。

「三年ほど前まではな。いまは、牢人暮らしだが、たまにはこいつを遣わんと、腕が鈍ってしまう」

大島はそう言うと、槍の鞘《さや》を外し腰を沈め二、三度しごくように槍を突いた。その間に、与市が懐手したまま左手にまわりこんできた。

「それで、用件は」

言いながら、臼井は左手に後じさり、掘割を背にした。

臼井は与市が、懐に匕首を呑んでいると見、左後方から突かれるのを防ごうとしたのである。

「うぬと立ち合いたい」

大島はそう言うと、穂先を臼井にむけ刺撃の構えをとった。

「冗談じゃない。おれには、おぬしと立ち合う気などないぞ」

そう言いながらも、臼井は刀の柄に手をかけ、抜刀の体勢をとった。

大島は立ち合いたいなどと、本気で思っているわけではない。臼井も対峙したときから、このふたりは刺客だ、と察知していた。

「問答無用!」

大島は、ズ、ズ、と足裏をするようにして間合をつめ、刺撃の間の手前で歩をとめると、穂先をピタリと臼井の腹につけた。左手にいた与市も懐から匕首を出して、切っ先を臼井にむける。

臼井は抜刀し、青眼に構えた。

……できる!

と、臼井は思った。

腹につけられた大島の穂先に揺れがなく、穂先のむこうに痩身が遠ざかったように感じられた。槍先の威圧で、相手の姿が遠く見えるのだ。

臼井は有馬一刀流《ありまいっとうりゅう》の遣い手で、双手上段《もろてじょうだん》から念仏を唱えながら斬ることが多く、拝み斬り《おがぎ》の勘平衛とも呼ばれている。

だが、大島の槍に双手上段は通じぬ、と臼井は感知した。上段は胴があく。その胴を突いてくる大島の刺撃に、己の上段からの太刀では一瞬遅れると読んだのだ。

臼井は刀身を引き、車《しゃ》に構えた。車とは、腰を沈め刀身を水平にした脇構え《わきがま》である。臼井はこの車の構えから、相手の動きに応じて胴や袈裟《けさ》に斬りこむ。

「有馬一刀流、波月《はげつ》か」

大島が訊いた。

「いかにも」

有馬一刀流には波月と呼ばれる秘剣があった。

寄せてくる波を水平に薙払《なぎはら》うように、敵の胴を斬る技である。腰の脇に刀身を隠し、間合を読めなくさせて面に誘い、左へ体《たい》をひらきながら胴を薙ぐ。それを、敵の動きに応じて連続して遣うのが波月である。

「玄武流、岩燕《いわつばめ》、参るぞ」

そう言って、大島がグッと腰を沈め、穂先を臼井の爪先あたりへつけた。

……岩燕！

臼井ははじめて聞く技の名だった。おそらく、玄武流にある槍術の極意のひとつなのであろう。
ズ、ズ、と大島が間合をつめ始めた。
すでに、刺撃の間の中に踏み込んでいる。

臼井は全身に気魄をこめ、これ以上踏み込んだら斬り込む、との気配を見せた。

と、大島の寄り身がとまった。穂先に激しい刺撃の気がこもる。かすかな息の音も大気の揺れもない。

ふたりの殺気が磁場のように張りつめ、塑像のように動かない。

そのとき、左手にいた与市が動いた。

突いてくる気配を見せながら、一歩踏み込んだのである。その瞬間、対峙した臼井と大島との間に稲妻のような殺気が疾《はし》った。

トオッ!

甲声《かんごえ》を発しざま、大島が槍を突き出した。短く鋭い刺撃である。

刹那《せつな》、臼井はこの突きを車から斬り上げて槍穂を撥ね、二の太刀で胴を払おうとした。波月の変形で、対槍の刀法でもあった。

が、臼井が斬り上げるのより一瞬迅《はや》く、大島はみずから突き出した槍を撥ね上げたのである。その槍先が臼井の顔面を斜にかすめた。

その穂先が、飛翔《ひしょう》する鳥影のように見えた。

臼井は本能的に危険を感じ、大きく背後に跳んだ。長年、真剣勝負のなかで生きてきた剣客の勘といっていい。

……次の攻撃はかわせぬ！

と、感知したのである。

瞬間、鳥影が急旋回したように見えた。まさに渓谷の岩肌を飛翔し、反転する燕のような動きである。

迅い！　臼井は受けようと、刀身を撥ね上げた。だが、一瞬、槍の穂先の方が迅かった。

左肩に、焼鏝《やきごて》を当てられたような衝撃が疾った。

臼井の体勢がくずれ、右手に大きく泳いだ。

「逃さぬ！」

大島は猛々しい獣のような勢いで、迫って来た。

咄嗟《とっさ》に、臼井が後ろへ跳ぶのと、大島が槍を突き出すのとがほとんど同時だった。

槍は空を突き、臼井の体は虚空から掘割に落下した。

バシャ！　という、激しい水音がし、臼井の体が夜陰にとざされた水面に浮き上がった。

臼井は、バシャ、バシャと水を掻き分けて対岸へ向かう。ちいさな掘割だったが、跳び越えるには幅があり過ぎた。

「追え、逃すな！」

大島が叫んだ。

半町ほど先に掘割に渡したちいさな丸木橋があった。ふたりは橋の方へ走った。

臼井は濡れ鼠《ねずみ》になって、対岸の土手を這い上がった。肩に疼痛《とうつう》があり、どす黒い血に染まっている。

だが、腕は動く。肉を抉られただけで骨にまでは達してないようだ。

土手を這い上がった臼井は、懸命に走った。丸木橋を渡ったふたりが追ってくる。追いつかれたら命はない。

……表通りに出よう！

臼井は人通りある表通りに出てから細い露地へ入れば、逃げられると思った。

掘割に沿って、長屋の板塀があった。朽ちかけた板塀だった。臼井は板塀を蹴破って長屋の露地へ駆け込んだ。

飛び込んで来た臼井を見て、井戸のそばにいた女が悲鳴を上げ、腰高障子の前にしゃがみ込んでいた腹掛《はらが》けひとつの童《わっぱ》が、頭の割れたような泣き声をあげて逃げ出した。

臼井は逃げた。

猛然とふたりは追ってくる。

転げるように露地木戸から表通りに駆け出た。

町並は暮色に染まっていたが、家々の灯《ひ》や店先の掛け行灯《あんどん》の明りのなかに、行き来する人の姿が浮かびあがり、宵の口の華やいだ雰囲気につつまれていた。

臼井はそうした人々の間を縫うようにして走り、下駄屋と呉服屋の間の狭い露地に駆け込んだ。その露地はすぐに別の通りに抜ける。

臼井は次の通りに出たところで、右手の天水桶《てんすいおけ》の陰に飛び込むように身を隠した。この辺りは迷路のように露地が入り組んでいる。一度姿を見失ったら、追跡は困難な地域である。

すぐに、大島と与市が追ってきた。だが、通りに臼井の姿がないため、慌てて近くの露地に駆けこんでいった。

臼井はふたりの姿が消えると、天水桶の陰から姿をあらわし、さっき来た露地へ駆けもどった。ふたりの追ってくる気配はなかった。何とか逃げられたようだ。

見ると、着物の左肩から胸にかけてどっぷりと血を吸い、どす黒く染まっていた。まだ、出血しているらしく、胸にぬるぬるとした血の感触がある。

臼井は鳴海屋のある門前仲町の方へむかった。さっきのふたりが、長屋ちかくで臼井のもどるのを待っているような気がしたからである。

2

臼井は鳴海屋で傷の手当をうけた。傷は深かったが、幸いなことに骨にも筋にも異常はなかった。文蔵の女房のお峰が、傷口を洗い血止めの金創膏《きんそうこう》を塗り、さらしできつく縛ってくれた。

長年、始末屋の女房をやっているだけあって、お峰はこうした傷の手当には慣れている。

「血さえ止まれば、心配ないけど、しばらく動けませんよ」

と、お峰は言った。

傷口がふさがるまで、安静にしていなければいけないと言うのだ。

その夜、臼井は今川町の相模屋には行かず鳴海屋の離れに泊まった。こんなときのために、鳴海屋には客を入れない離れがあったのだ。

その夜、子《ね》ノ刻《こく》（零時）過ぎ、大川から仙台堀に二艘の猪牙舟が進入して来た。艫《とも》に立っているのは、黒の半纏《はんてん》に股引《ももひき》、手ぬぐいで頬っかぶりした船頭らしい男だったが、舟底にうずくまるように身を寄せあっている男たちの姿は異様だった。

一艘に四人ずつ、あわせて八人いた。いずれも、黒布で頬かむりし、黒の腰切半纏《こしきりばんてん》に股引、足元を黒足袋《くろたび》に草鞋でかためていた。一目で夜盗集団と分かる黒装束である。

二艘の猪牙舟は、櫓音《ろおと》をさせぬようゆっくりと漕ぎ、相模屋の前にある桟橋《さんばし》に水押《みお》しを寄せて来た。

相模屋は干鰯魚《ほしか》やしめ粕《かす》も扱う魚油問屋だけあって、船荷が多く、小さいながら専用の桟橋を持っていて、そこには猪牙舟や茶舟などが数艘舫《もや》ってあった。

二艘の舟は、舫ってある舟の間に舳先をつっ込んでとめた。ふたりの船頭だけを残して、黒装束の男たちは厚い板を渡した桟橋の上に跳び下り、短い石段を駆け上がった。

相模屋の店舗の前には狭い庭があり、干鰯魚やしめ粕などを入れた木箱や叺《かます》などが積んであって夜風のなかに魚油の臭いがただよっていた。

店舗は大戸を閉めてあった。洩れてくる灯《ひ》もなく、ひっそりと寝静まっている。遠方で犬の遠吠えが聞こえた。その吠え声が消えると、汀《みぎわ》に寄せる掘割の水音がかすかに聞こえるだけで物音ひとつしない。

「金は土蔵だ」

頭目らしい恰幅のいい男が、低い声で言った。

男たちは足音を忍ばせて、店舗の脇の高い板塀の方へ集まった。そこに、くぐり戸があった。

「平六《へいろく》、頼むぜ」

頭目らしい男が小声で言うと、すぐ後ろにいた小柄な男が、へい、と答えてくぐり戸の前に張り付くように屈みこんだ。

懐から、何か細い金具を取り出し、板の隙間から差し込んでいたが、すぐに、背後を振り返り、

「頭、開きましたぜ」

と、言って、くぐり戸を開けた。どうやら、手にした金具で心張り棒《しんばりぼう》をはずしたらしい。

男たちはすばやくくぐり戸から店舗の裏にまわり、二棟ある土蔵の前に立った。

「金があるのは、こっちの土蔵だ」

頭目らしい男が、店舗のすぐ裏にある土蔵の方へ歩み寄った。七人の男たちが後につづき、土蔵の前に集まった。

土蔵にはがっしりとした錠前がついていた。

「平六」

頭目らしい男の声で、また、さっきの小柄な男が前に出て、錠前の前にかがみこんだ。懐から、今度は細い針金のような物を取り出し、鍵穴につっこんでいたようだったが、しばらくすると、ガキッと音がして錠前がはずれた。

「さすがに、錠前屋だった男だぜ」

頭目らしい男は、ニヤリと嗤《わら》い、野郎ども、早《はえ》えとこ担ぎ出せ、と言って、男たちを土蔵の中に入れた。

土蔵の中には、酒器の入った木箱や柳行李《やなぎごおり》、古い大福帳《だいふくちょう》、銭箱《ぜにばこ》などが整然と積んであり、木箱の脇に隠すように千両箱がふたつ置いてあった。

最後に入って来た頭目らしい男が、

「小銭に手を出すな。千両箱だけでいい」

と指示すると、七人のなかで力のありそうな体格のいい男がふたり、千両箱を担ぎあげた。

「行くぜ」

そう言って、頭目らしい男を先頭にし、一味が土蔵の前からくぐり戸の方へもどりかけたときだった。

ふいに、頭目らしい男の足がとまり、地に伏すように身をかがめた。七人も同様に身を低くし、息をひそめた。

前方に人影がある。

土蔵の脇に相模屋のかかえの船頭や雇人の住む長屋があった。その長屋の前に八手《やつで》が葉を茂らせており、その陰に男がひとり立っていたのだ。

「小便《ゆばり》に出てきやがったんだ……」

声を殺して、賊のひとりが言った。

こっちには、気付いていないようだ。男の足元で、かすかに放尿の音がする。

すぐに、その音がやみ、男は体を揺すって、長屋の方にもどろうときびすを返した。だが、そのとき、わずかに土蔵が開いているのに気付いたようだ。

不審に思った男が、土蔵の方へ歩きかけたときだった。

「あっしが」

と、小声で言って、ひとりの男が飛び出した。背を丸め、黒い疾風のように走り寄る。手にはいつ抜いたのか匕首が握られていた。

背後から走り寄る足音に気付き、男が振り返った。一瞬、ギョッとしたように男は立ち竦んだが、盗賊と気付いたらしく、声をあげようとした。

瞬間、獲物に跳びかかる野獣のように黒装束の男の体が前に飛んだ。シュッ、という大気を裂く音がし、手にした匕首が一閃すると、男は顎を突き上げるようにして後ろにのけ反った。

ゴフッ、と喉が鳴り、男の首根から鮮血が音をたてて噴出した。黒装束の男が匕首で喉を掻き切ったのである。

男は悲鳴も呻き声もあげず、血を撒きながらその場に倒れた。

「かたがつきやした」

匕首を揮った男は、すぐに一味の方へ駆けもどってきた。

「よし、引きあげだ」

頭目らしい男を先頭にし、一味はくぐり戸から桟橋まで走り、舟に乗り込むと、待っていた船頭がすぐに漕ぎ出した。

3

「昨夜、相模屋さんが押し込みにやられたそうでしてね」

文蔵は手にした煙管《キセル》で、長火鉢《ながひばち》の角をコツコツとたたきながら言った。声音《こわね》はしずかだったが、眉宇《びう》に細い縦皺《たてじま》がより、いらだったような表情が浮いていた。

相模屋から別途に店を守るために御守料もらい、腕利きの始末人をあてておきながら店を守ることに失敗したのである。鳴海屋の信用は落ちるし、文蔵の顔もつぶれたことになる。

「臼井どのはどうした」

宗二郎が訊いた。

鳴海屋の二階の奥座敷には、宗二郎、鵺野《ぬえの》ノ銀次《ぎんじ》、泥鰌屋《どじょうや》の伊平《いへい》、銀次の女房でヒキ役の小《こ》つる、佐吉、それに臼井と組んでいたとぎ屋の孫八《まごはち》が集まっていた。日中に、まわり役の者が、鳴海屋に集まるよう連絡に走ったのだ。

「それが、昨夕、相模屋さんに向かうとき、何者かに襲われましてね」

文蔵は手短に臼井が襲撃された経緯を話した。

「すると、臼井どのは、いま佐賀町の長屋にもどっているのか」

「はい、彦七に長屋の様子を見にやらせ、見張っている様子もないので、今朝のうちにもどられたのですよ」

文蔵は煙管に莨《たばこ》を詰めながら言った。

彦七は若いまわり役で、ふだんは鳴海屋に住込み、料理屋の手伝いなどもしている。

「相手は」

「ふたり、ひとりは大島兵部とか」

「大島兵部……。聞いた名だな」

「槍を遣うそうでして。三年ほど前まで、谷中にいたそうです」

「玄武流か」

宗二郎は、数年前まで大島という男が玄武流槍術の道場主だったことを思い出した。

「はい、昨夜、臼井さまから相手のことをお聞きしましてね。すぐに、まわり役の者を谷中まで走らせて、調べて見たんですがね、三年ほど前に道場はつぶれ、大島という男は谷中から姿を消してるんですよ。……その後、両国の賭場《とば》で見かけたという者もいるんですが、それっきりで」

文蔵は莨盆《たばこぼん》の中に煙管をつっこみ熾火《おきび》で火を点けると、眉宇を寄せて一口吸い込んだ。

「臼井どのを襲ったことと、相模屋の押し込みとのかかわりは」

宗二郎が訊いた。

「当然、ありましょうな。臼井さまが、相模屋にいけなくなった夜に押し込んでるんですから」

文蔵は莨の煙を吐き、視線を孫八の方へむけた。

孫八は長年、包丁《ほうちょう》、鎌《かま》、鋸《のこぎり》などを研磨して江戸市中を歩いていた男で、文蔵に誘われヒキ役になって三年ほど経つ。

相模屋の依頼で夜は臼井が寝泊まりしていたが、日中は孫八がそれとなく警護にあたっていたのである。

その孫八が今朝、相模屋に出かけ事件の様子を目にしてきたという。

「やられたのは、土蔵にしまってあった二千両、ほかの物には手をつけておりやせん。……それに、長兵衛《ちょうべえ》という船頭が、首筋を一掻《ひとか》きに斬られて死んでおりやした。山本町の親分から耳に挟んだんですが、小便《ゆばり》に起き出したところを押し込みと鉢合わせしたらしいんで」

孫八は浅黒い顔をゆがめ、ぼそぼそと話した。

どうやら、店の守護を引き受けたヒキとして、責任を感じているようだ。当然かもしれない。御守料として別途に相模屋から金を貰い、何の役にもたたずにまんまと盗賊にやられたのだから、ヒキとしての立場はないだろう。

だが、孫八以上に面目を失ったのは、臼井や元締の文蔵である。

「山本町の親分は、何て言ってる。越後屋と津田屋を襲った押し込みと同じやつらか」

黙って聞いていた泥鰌屋の伊平が、口を挟んだ。

山本町の親分というのは、岡っ引きの達吉のことである。

鳴海屋は町方と対立しないよう気を使っていた。仕事上、犯人の探索や事件の後始末にかかわるために町方と接触することも多い。だが、鳴海屋はあくまでも町方をたて、領分は犯さないよう気を使っているし、深川、本所、浅草、両国などを縄張《シマ》にしている岡っ引きには、多分に袖《そで》の下も使っていた。

そういうこともあって、達吉も鳴海屋の者には好意的だった。

「へい、間違いなく同じ賊だと言ってやした。錠前が破られ金だけを奪った手口も同じだし、長兵衛が殺られたのも、越後屋の女中とまったく同じだそうで」

孫八の言うとおり、越後屋のおはまという女中も小便に起き出したところを盗賊と顔を合わせて殺されている。

「殺された船頭は、首を掻き斬られていたのか」

宗二郎が訊いた。

「へい、越後屋のおはまも同じ手口だったそうでして。匕首か、鎌のような物で掻き斬られたようです」

孫八が宗二郎の方へ顔をむけた。

「そいつも、ただの盗人《ぬすっと》じゃアねえなあ」

匕首にしろ、鎌にしろ、一掻きで仕留めたとなると、相当の腕である。宗二郎は、臼井を襲った大島も加え夜盗一味にはかなりの手練がいるのではないかと推測した。

「……やはり、店の中には入らず、金のしまってある土蔵だけを狙ったのかね」

文蔵が訊いた。

何か考えこむように、視線が虚空にとまったままである。横から行灯《あんどん》の灯《ひ》を受けて額や頬が赤く浮かびあがり、細い切れ長の目が熾火《おきび》のようにひかっていた。普段は柔和な顔がゾッとするような不気味さをただよわせている。これが、元締として始末人たちを束ねる男の本当の顔なのかもしれない。

「へい、しかも、ふたつある土蔵のうち、金のしまってある方だけを破ったようでして」

「うむ……。よくよく、店の様子を探った上での押し込みだな」

「山本町の親分もそう言ってやした」

「外蔵《そとぐら》に金がしまってあったとなると、相当頑丈な錠前だったんだろうな……」

さっきから、文蔵の視線は虚空にとまったままである。

通常、大店《おおだな》では屋敷内に内蔵《うちぐら》があり、金はそこにしまってある場合が多い。

「屋敷のすぐ裏にある土蔵で、錠前も特別あつらえの頑丈な物だそうでして」

孫八が答えた。

「それを、店の者にも気付かれずに、破った……」

「へい」

「その賊に、心当たりがあります」

そう言って、文蔵が顔をあげた。

4

「心当たりとは」

宗二郎が訊き、一同が文蔵に視線を集めた。

「もう、十五年は経ちますかな。……まだ、わたしが始末屋をはじめて間もないころでしたが、夜鴉《よがらす》の吉蔵と名乗る頭目に率いられた一味が深川、両国あたりに荒らしまわったことがございましてな。そいつらの手口が、よく似てるんですよ」

文蔵の話によると、狙った大店の内情を日数をかけて丹念に探り、金のあり場所を知ったうえで忍び込み、家人に知られることもなく、錠前を破って金だけを盗み出したという。

「錠前を破るのがみごとでしてね。腕のいい錠前破りが仲間にいたにちがいねえんだが、それも今度の押し込みとそっくりでしょう」

文蔵は話をやめ、煙管をくわえると一口吸ってから、また話し始めた。

「町方も一味を捕らえようとやっきになってたが、なかなか捕《と》れねえ。……いくつかの店から、鳴海屋に店を守ってくれ、との依頼がありましてね。そんときは手が足りなかったもので、本所相生町《ほんじょあいおい》にある米問屋の増田屋《ますだ》さんに当たりをつけたんですよ。あそこは、外蔵に金がしまってあったし、本所で一、二を争う米問屋の大店ですからな。……張り込んで五日目、わたしの睨んだとおり押し入りましてね」

「それで、どうした」

宗二郎が先をうながした。

「はい、わたしはひとり、賊は七人おりました。とてもひとりじゃァ捕れねえ。それに、わたしらは、賊を捕ることが仕事じゃァありませんからね。店を守りゃァそれでいいわけでして。……ともかく、わたしは一味が土蔵の前に集まったところで、呼び子を吹いたんですよ。すると、一味は慌てて逃げ出しましてね。侵入した板塀に次々に飛び付いて越えて行くのを見てたんだが、そんとき、このまんま逃がすのも癪だと思い、最後のひとりの背中に飛び付いて組み伏せたんです」

「ほう、さすがは元締だ。ひとり捕らえたのか」

宗二郎が感心したように言った。

「捕らえるには、捕らえたんだが、そいつ、町方が来る前に、舌を嚙み切って死んじまいましてね。まだ、十七、八の若造だったが、町方に拷問《せめ》られて口を割りたくなかったんでしょうな。……それ以来、どういうわけか、ぷっつりと夜鴉の吉蔵一味は姿を見せなくなったんですよ」

文蔵は話し終えると、また、虚空に視線をとめて黙りこんだ。何か腑に落ちないことがあるらしい。

「元締、また、そいつらが動き出したんじゃァありませんか」

泥鰌屋の伊平が口を挟んだ。

伊平の後ろにいる鵜野ノ銀次は寡黙な男で、口をつぐんだままである。

「ただね、そんときの一味とひとつだけちがってることがありましてね」

また、文蔵は顔を上げ、

「吉蔵一味は、決して人を殺《あや》めなかったんですよ」

そう言って、一同に視線をまわした。

「押し入ったとき、店の者に気付かれなかったからではないのか」

宗二郎が言った。

「いえ、そんなことはありませんよ。何度かその姿を見られてます。一度などは、逢引のために土蔵の陰にいた女中と鉢合わせしたこともあるようです。そのときは、何も捕らずに逃げてます。……夜鴉という名も、厠《かわや》の窓から見た奉公人が、賊の黒装束が闇にまぎれてよく見えなかったという証言からきたものですからね。それに吉蔵という名も、逢引していた女中が、頭目らしい男が名乗ったのを耳にして分かったらしゅうございますよ」

「盗賊が名乗ったのか」

宗二郎が訊いた。

「いや、女中が土蔵の陰で、こんな錠前、吉蔵にかかりゃァ赤子の手をひねるようなものだ、そう言ったのを耳にしたようでして」

「すると、錠前を破ったのは吉蔵という男か」

「十五年前の夜鴉の一味では、吉蔵ですが……。今度も同じかどうか、はっきりしませんな」

と、文蔵は小声で言った。

いっとき、そこに集まった七人は、考えこむように黙りこんでいたが、

「それで、どう、手を打つ」

と、宗二郎が文蔵に訊いた。

「賊を捕らえるのは、わたしらの仕事ではありません。わたしらは、御守料をいただいた店を守りゃァそれでいいんでして。……それで、相模屋さんのことがありましてね。実は、今日のうちに、さきほど話した米問屋の増田屋さん、それに、柳橋《やなぎばし》の料理屋の富政《とみまさ》さんから、あらたに依頼がございましてね。まァ、考えようによっては、今度のことは鳴海屋にとって、よかったのかもしれませんよ。本所や柳橋へ商いを広げるいい機会でございますからな」

そう言うと、文蔵は目を細め口元をゆるめた。

文蔵は、したたかな男である。相模屋を賊から守れなかったことで鳴海屋の信用は落ちたはずだが、落胆などしてはいない。賊の跳梁が近隣の大店の不安を煽ったため、依頼が増えた機会をとらえて始末屋の商いを広げようとしているのだ。

「実を申しますと、今夜みなさんに集まってもらったのも、そのことがありましてね。……まず、銀次さんには、引き続き佐賀町の野沢屋さんをお願いすることにして、本所の増田屋さんは、蓮見さまにお願いしましょうかね」

そう言って、文蔵は宗二郎の顔を覗くように見た。

「いいだろう、ちょうど、若松の始末がついたところだ」

宗二郎はそう言って、佐吉の方へ首をまわした。佐吉も、承諾するように、ちいさくうなずいた。

「次に、柳橋の富政さんは、伊平さんにお願いしましょうかね」

文蔵は伊平の方へ顔をむけた。

「やるよ。富政なら、商いで顔を出すこともあるのでちょうどいいや」

伊平は、始末の仕事がないときは、泥鰌や鰻《うなぎ》などの川魚の入った桶を天秤棒《てんびんぼう》でかついで売り歩いている。柳橋は料亭や料理茶屋などの多いところで、川魚の需要も多いのだ。

「それで、増田屋の値組みは」

宗二郎が訊いた。

すでに、文蔵と増田屋との間で御守料の話はついているはずである。

「四十両でどうでしょう。……実を申しますと、増田屋さんは五十両、富政さんが三十両で値組みしたんですがね。今度ばっかりは、等分でお願いしたいんですよ。なにしろ、同じ相手のようですのでね」

文蔵は宗二郎と伊平を交互に見ながら目を細めた。

「いいだろう。それで、文句はない」

宗二郎は納得した。相手の店の内証によって始末料や御守料はちがってくるが、今度の場合は文蔵の言うとおり、同じ盗賊が相手のようである。となれば、危険度は変わらないし、夜間店に張り込むことも同様であろう。

始末人たちに納得させて仕事料を分配するのも、元締としての文蔵の仕事なのである。

「蓮見さま、いいんですかい」

伊平がすまなそうな顔をむけて言った。

「いいさ、お互いさまだ。それより、ヒキは佐吉でいいかな」

宗二郎が、文蔵に訊いた。

「そりゃァもう、結構でございますとも。……伊平さんは孫八さんと組んでもらいましょうかね」

「いいよ」

伊平が答え、孫八もうなずいた。

「それじゃァ、すぐに夕餉《ゆうげ》の支度をさせますので……」

そう言って文蔵は立ち上がると、廊下に出て手をたたいた。

しばらく待つと、お峰と小糸が、膳《ぜん》を運んで来た。すでに階下で準備をしていたらしく、吸い物、焼き魚、酢の物など料理屋で出す馳走がそろっていた。

夕餉を終えて宗二郎が階段を降りると、玄関口に小糸がいて、スッと身を寄せて来た。

「宗二郎さん、気をつけて……」

小糸は顔をこわばらせて言った。

ふだん、文蔵は小糸やお峰に始末屋の仕事の話はしないのだが、臼井が何者かに襲われ怪我を負ったことで、厄介な始末に宗二郎たちがかかわっていると思ったようだ。

「案ずるようなことはない」

そう言い置くと、宗二郎は雪駄を履いて表へ出た。

すでに、町木戸の閉まる四ツ（午後十時）ちかかったが、外は明るかった。満天の星空に、十六夜の月が皓々《こうこう》と輝いていた。

「あの娘、芝居の助右衛門より、目の前の宗二郎の方が気になるようですな」

佐吉が足元の短い影を踏みながら、つぶやくような声で言った。

「小糸は、まだ子供だ」

「なに、十六にもなりゃァりっぱな娘で」

「おれが小糸に手でも出してみろ。文蔵どのに、始末されちまうぞ」

「ちげえねえ。あれで、元締、けっこう親ばかですからね」

佐吉は鳴海屋の方を振り返って、亀のように首をひっこめた。

5

翌日の四ツ（午前十時）ごろ、宗二郎は佐吉を連れて、本所相生町の増田屋にでかけた。増田屋は、竪川《たてかわ》にかかる二ツ目橋ちかくに土蔵造りの店舗を構える米問屋の大店である。どっしりした造りの店舗のほかに、米を貯蔵しておく倉が三棟、店の裏に土蔵が二棟あった。

通りに面して屋号を染め抜いた大きな日除《ひよ》け暖簾《のれん》を出し、店内では手代《てだい》や丁稚《でっち》などが客を相手にいそがしそうにたち働いていた。

宗二郎が暖簾をくぐって店内に入ると、すぐに番頭が応対に出て、帳場の奥の座敷へ通された。

すでに、鳴海屋から話がきていると見え、女中が茶を持ってくるのと前後して、主人らしい男が顔を出した。

縞物《しまもの》の小袖に絽羽織《ろばおり》。大店の旦那ふうの身装《みなり》である。鬢《びん》は白く、五十がらみと思われたが、血色のいい肌をし、ふっくらした頬の福相の主だった。

宗二郎が名と鳴海屋から来たことを告げると、

「手前が、増田屋庄左衛門《しょうざえもん》でございます。さっそく、おいでいただきありがとう存じます」

と、庄左衛門は丁寧《ていねい》な挨拶をした。

それから、庄左衛門は、十五年ほど前のことになりますが、と前置きして、文蔵の力で、押し入った賊の難から逃れられたことを話し、

「ちかごろ、深川を騒がせている押し込みですが、あのときの騒ぎと似てるような気がしましてね。それなら、鳴海屋さんにお願いしようと思ったわけなんでございますよ」

そう言って、目を細めて前に座ったふたりに微笑《ほほえ》みかけた。

「日中、押し入ることはあるまいから、夜、見張ることになるが」

宗二郎は寝泊まりする場所を提供してもらいたかった。

「はい、土蔵の脇に離れがございます。以前、文蔵さんにお泊まりいただいたのもそこでして、よろしければ使っていただきたいのですが」

庄左衛門は心得ているらしく、すでに、夜具なども運びこませ、世話をする女中も手配しているとのことだった。

「それなれば、さっそく今夜から拙者が見張りにつこう」

宗二郎が言った。

「まことに、ありがたいことで」

「まず、屋敷のまわりを見せてもらおうか」

そう言うと、宗二郎は立ち上がった。

奥座敷を出ると、さっき招じ入れた番頭が姿を見せ、先にたって敷地内の案内をはじめた。

商家にしては、屋敷も周辺の建物もなかなか堅牢な造りだった。ふたつある土蔵のうち、店舗のすぐ裏手にある一棟に、金目の物はしまってあるとのことだった。

「内蔵《うちぐら》は」

宗二郎が訊いた。

「ございます、店舗のある一階の奥でございます」

仙造《せんぞう》と名乗った番頭が、十五年前、賊に入られてから店舗の一階の奥に内蔵を造りました、と小声で言い足した。

となると、金は内蔵ということになる。夜盗がそのことを知っていれば、屋敷内に侵入しなければ金は奪えない。

「屋敷内におらねば、賊の侵入に気付かぬこともあるな」

宗二郎が言うと、番頭は首を横に振った。

「いえ、店内から内蔵までの間に二重の扉があり、店の大戸を閉めるのといっしょに扉も閉めてしまいます。この扉には内側からしか開かない頑丈な閂《かんぬき》がついておりまして、内蔵に行くには、裏口の戸を破らねばなりません。……その裏口は、蓮見さまにお泊まりいただく離れのすぐ前でございます」

番頭が言った。

「なるほど、見張るにはいい場所だ」

番頭の言うとおり、離れの戸口のすぐ前が、屋敷の裏口になっている。離れは、土間につづいて一間《ひとま》しかないようなので、起きてさえいれば賊の侵入に気付くだろう。

その後、宗二郎は敷地内や離れの中などを見た後、佐吉だけを残していったん入舟町の甚助長屋にもどった。一眠りして、夕刻に出直そうと思ったのである。

暮れ六ツ（午後六時）前に目覚め、身支度《みじたく》をととのえてから、土間に下りると、目の前の腰高障子に人影があった。女である。かすかな鴇色《ときいろ》の残照のなかに、島田髷《しまだまげ》とほっそりした女の姿が映っていた。

ときどき、長屋に姿を見せるゑびす屋のおさきとはちがうようだ。

「どなたかな」

障子を開けると、戸口に若い娘が立っていた。

船宿若松のおさよである。それに、もうひとりいた。おさよの後ろに、付き添うように船頭姿の若い男が立っていた。

「若松の船頭、利之助でございます」

と、顔をこわばらせて言った。

「何の用かな」

宗二郎はふたりに目をやりながら訊いた。

ふたりとも顔が蒼《あお》ざめ、困惑したような表情を浮かべていた。それに、若いふたりは船宿の主人の娘と雇い人の船頭という関係ではないらしい。寄り添うように立っているふたりが交わした目には、わりない仲を思わせる親密さがあった。

「利之助さんと相談して来ました」

そう言って、おさよは脇に立っている利之助に目をやった。

「あっしから、お話しいたしやす」

利之助は意を決したような顔をして一歩前に出た。

「戸口で立ち話もなんだ。……まァ、中に入れ」

宗二郎は中に入り、上がり框の隅に腰を落とした。おずおずと入って来たおさよと利之助も、宗二郎にうながされて腰を落とした。

「どういうことだ」

あらためて、宗二郎が訊いた。

「はい、実は伊佐次のことなんです。このところ、頻繁に東仲町にあらわれ、若松の内情を探っているようなんです」

「伊佐次がか」

宗二郎は意外な気がした。半月ほど前、十両の縁切り料を渡し、若松から手を引かせたばかりである。そのとき、若松に手を出せば命をもらう、と念を押してあった。

「伊佐次が、それほどの男とも思わぬがな」

宗二郎は、伊佐次が始末人に命を狙われるのを覚悟でふたたび若松に脅しをかけるような肚《はら》の据わった悪党とも思えなかった。

「いいえ、それが、若松やおさよさんに、何か言ってきたわけではないんです。ただ、店のお得意さまや出入りする商人などから、それとなく店の様子を聞き込んでいるだけなんです」

「妙だな……」

利之助はおさよの方に目をやり心配そうな顔をした。

どうやら、おさよのことを根に、あらためて若松から金を脅し取ろうという魂胆でもないらしい。宗二郎は、伊佐次が何をたくらんでいるのか読めなかった。

「それに、ほかにも気になることがあるんです」

おさよが言った。

「ほかに気になることとは」

「は、はい、おとっつァんや政次《まさじ》さんのことなんです。ちかごろふたりの様子がおかしいんです」

「政次というのは」

「あっしの親父《おやじ》でして」

利之助が応えた。

若松は十三年ほど前、当時別の船宿で船頭をしていた徳兵衛が始めた店だが、政次はそのころからいる船頭で、若松の裏に住居《すまい》があるという。

「ふたりが、どうしたのだ」

宗二郎は話をうながした。

「はい、このところ何か心配なことがあるらしく、ふさぎ込んでいるし、夜などは何度も戸締まりを確かめてからでないと、床にも入らないんです」

おさよは、以前は戸締まりなど気にしたこともなかったのに、と小声で言い足した。

「それに、うちの親父ですが、このところ夜になると家を抜け出し、明け方帰ってくるようなこともありやして。……親父に何度も訊いてみたんですが、おめえにかかわりのねえことだ、というだけで何も話しちゃァくれねえんで」

利之助がおさよに代わって話した。

「それで、おれに何を頼みにきた」

宗二郎は、おさよが脅された件とはちがうようだと感じた。

「はい、このままだと、何かとんでもないことが起こりそうで、怖くて。それで、利之助さんに相談したら、伊佐次という男に何かかかわりがありそうだから、蓮見さまにお願いするのがいいだろうって」

そう言って、おさよはかたわらの利之助に目をやった。

利之助はおさよとうなずき合い、懐から紙包みを取り出した。

「五両ありやす」

と、言って利之助は宗二郎の膝先に押し出すようにして置いた。

「あっしとおさよさんとで都合した金です。これで、若松とふたりの父親を守ってもらいたいんです。お願えしやす」

利之助が立ち上がると、おさよも立ち、ふたり並んで宗二郎に頭を下げた。

「まァ、待て……」

ふたりは真剣だったし、親を思う若いふたりの気持にも感心させられた。だが、もうひとつ宗二郎はしっくりこなかった。まだ、伊佐次から何も言ってこないし、若松に害の及ぶような出来事があったわけでもないのだ。

ただ、若いふたりは切羽詰まったような表情を浮かべていたし、内緒で五両の金を都合したというのも、ただごとではない気もした。

「その金は、ひっこめろ」

ともかく、始末人が直接依頼人から金を受け取ることはできない決まりになっていた。値組みは元締である文蔵の役目である。それに、伊佐次が尾を引いているとなると、始末を受けた宗二郎としても、放ってはおけなかった。

「伊佐次がかかわっているなら、まだ、おれの始末は終わっていないことになる。……何をたくらんでいるか、探ってみよう」

「ありがとうございます」

利之助がほっとした表情を浮かべて頭を下げた。

「そっちも、変わったことがあったら、すぐに知らせてくれ。手は出してはならんぞ」

そう念を押して、宗二郎は立ち上がった。

利之助とおさよは、もう一度宗二郎に頭を下げてから、長屋を出ていった。

6

その後、宗二郎は若松の調べを佐吉に頼み、増田屋に泊まりこんで警戒していたが、夜盗が店を襲うような気配はなかった。

宗二郎が増田屋に泊まるようになって、五日目の朝、店舗の脇のくぐり戸から表通りに出ると、竪川の川岸に立っている佐吉の姿があった。

「旦那、ちょいと、お耳に入れておきたいことが」

そう言って、佐吉が歩み寄ってきた。

「歩きながら話そう」

宗二郎は甚助長屋に帰るつもりだったのだ。

ふたりは、竪川にかかる二ツ目橋を渡り、深川方面へ向かって歩いた。すでに通りは、早出の職人やぼて振りなどの姿が見られ、軒を並べる表店の大戸も開けられて、町は朝の活気に満ちていた。

「話を聞こうか」

宗二郎は少し足をゆるめた。

「まず、利之助とおさよのことですが、旦那の見立てどおり、親も許した仲でこの秋には祝言をあげることになってるそうですぜ」

ふたりは近くに住んでいたこともあって、幼いころから兄妹のように育ち、早くから両家の間で一緒にさせようという約束がしてあったという。

「あのふたりなら、いい夫婦になろう。……ところで、政次という男は」

「へい、主人の徳兵衛が若松をはじめたころ、船頭として雇われ、近くに住むようになったそうです。ただ、近所の者の話だと、徳兵衛と政次は主人と使用人というより、仲のいい兄弟のような付き合いをしてるそうですぜ」

「船宿の主人と船頭にしては、奇妙な結びつきだな」

当然、主従の関係であるはずだと宗二郎は思ったのだ。

「それが、政次という男が小金をためこんでいたそうでしてね。若松をはじめるにあたって、政次がだいぶ金を出したらしいんで。徳兵衛にすれば、ただの使用人ではないんでしょうな」

佐吉は歩きながら話をつづけた。

「それに、政次は律義な男だそうでしてね。どんなときでも、徳兵衛を主人として立て、自分は使用人の船頭に徹してるそうですぜ。まァ、それで、ふたりの間がうまくいってるんでしょうな。ちかごろは、徳兵衛も政次も、利之助とおさよが一緒になって、若松をやって行くのを楽しみにしているようです」

「徳兵衛と政次の女房は」

「へい、徳兵衛にはお勝《かつ》という女房がおり、いま若松の女将《おかみ》をしておりやす。政次の方には、女房はおりやせん。なんでも、利之助が生まれて一年ほどして産後の肥立ちが悪かったために亡くなったそうです」

「お勝も、ふたりが一緒になることに反対はしてないのか」

宗二郎が訊いた。

「反対どころか、お勝が大乗り気で、祝言の話をすすめているそうです」

佐吉は足をとめ、宗二郎の方へ首をひねって言った。

「そうか……」

どうやら、若松にも政次にも問題はないようである。

「それで、伊佐次の方は」

宗二郎は、伊佐次のことも洗い直してくれ、と佐吉に頼んであった。

「旦那の話のとおり、どうやら、若松のことを探っているようです」

佐吉は、伊佐次が若松を馴染みにしている客や出入りしているぼて振りなどから、探りを入れているようだと話した。

「伊佐次は何をする気なのだ」

宗二郎には、若松を脅して金を強請《ゆす》るためとも思えなかった。

「あっしにも、見当がつかないで……。それで、二日ほど伊佐次の後を尾けて見たんですがね。……米沢町にある島蔵《しまぞう》の賭場《とば》に入りこんで遊んでおりやしてね。だいぶ金まわりがいいようですぜ」

「米沢町の賭場にな」

宗二郎は思案するように視線を落とし、ゆっくりとした足取りで歩いた。

米沢町は両国橋の西の広小路にちかい町屋の多いところで、ちかごろ島蔵という博奕打ちが荒れ寺で博奕場をひらいているという話を宗二郎も聞いていた。

「賭場に出入りしてる者から耳にしたんですがね。伊佐次のやつ、何やら金蔓《かねづる》をつかんだらしく、賭けっぷりがいいそうで」

「若松からせしめた十両を使っているのではないのか」

宗二郎が足をとめて、佐吉の方へ目をやった。

「いいえ、金蔓をつかんでいると言ってたらしいんで、別口でしょう」

「気になるな」

「その金蔓が何か、もう少し探りを入れてみやしょう」

「頼むぞ」

ふたりは、仙台堀にかかる海辺《うみべ》橋を渡ったところで左にまがり、深川冬木町へと歩いてきた。そこは富ケ岡八幡宮の裏手で、入船町はすぐ先である。

「それじゃァ、あっしはこれで」

佐吉は、もう少し伊佐次を洗ってみやす、と言い置いて、きびすを返した。大川の方へむかい両国橋を渡って米沢町へ行くらしい。

宗二郎は甚助長屋にもどると、柄杓《ひしゃく》で水を飲み、そのまま座敷で横になった。昨夜は、夜盗の侵入から増田屋を守るために夜通し見張っていたので、すぐに眠りに落ちた。

目が覚めたのは、八ツ（午後二時）ごろだった。

腹が空いていた。宗二郎は、長屋の井戸端で顔を洗うと、ゑびす屋に足をむけた。まだ、暖簾を出してないが、おさきに頼めば、握り飯に冷や酒の一杯ぐらいは飲ませてくれるはずである。

「旦那、そんな暮らしをつづけてたら、体をこわしちまいますよ」

おさきは、顔をしかめて非難したが、宗二郎の頼みどおり、握り飯と小茄子《こなす》の塩漬けを出し、酒も一本つけてくれた。

宗二郎はゑびす屋を六ツ（午後六時）前に出て、長屋にもどった。そして、増田屋に行くために戸口を出たとき、ちょうど近くの寺で打つ入相《いりあい》の鐘《かね》の音《ね》が聞こえた。

急ぎ足で露地木戸を通り、表通りへ出た。表通りといってもこの辺りは材木置き場や貯木場が多く、町屋の間に雑草におおわれた空き地なども目につく寂しい地である。

通りの左右が掘割と材木置き場になっている場所があり、板材を立てかけた場所にかすかに人影が見えた。そこは材木の陰になり、闇が濃かった。人影はぼんやりしていたが、武士のようである。

7

武士はゆっくりとした足取りで、宗二郎の行く手をはばむように通りに出てきた。いや、ひとりではない。その武士の後ろから、町人ふうの男が、跳ねるような足取りで武士の前に出てきた。

「伊佐次か！」

見覚えのある棒縞の小袖に雪駄履き、島田屋の材木置き場で会った伊佐次である。

「旦那、お久し振りで……」

伊佐次は懐手したまま、ニヤニヤしながらそばに近寄って来た。

「何の用だ、伊佐次」

「いえ、あっしは何の用もねえんで。用があるのは、こっちの旦那なんで」

そう言うと、伊佐次はひょいと脇へ跳び、道をあけた。

後ろにいた武士が、進み出てきた。月代と無精髭《ぶしょうひげ》が伸び、色褪《いろあ》せた茶の素袷ひとつで、二刀を帯びていた。牢人らしい。

頬がこけ、餓狼のように底びかりのする目をしていた。

……こやつ、ただ者ではない。

宗二郎は異様な殺気を感じとった。

牢人は、その身辺に狂気を感じさせるような殺戮の臭いをただよわせていた。多くの人を斬って来た血の臭いである。

この男、深川佐賀町でふたりの武士を斬った辻斬りだったが、宗二郎は知らなかった。

牢人は、およそ三間の間をとって宗二郎と対峙し、刀の柄《つか》に手をかけた。

「伊佐次に頼まれたのか」

宗二郎が訊いた。

その身辺から放射している殺気から、宗二郎を斬るつもりであらわれたことは確かだった。

牢人は無言だった。陰気で暗い。まるで黒い影がそのまま突っ立っているような不気味な感じがする。それでいて、ぬらりと立っている痩身から、痺れるような殺気を放射していた。

「うぬの名は！」

強い口調で、宗二郎は誰何した。

そのとき牢人は、口元にかすかな嗤いを浮かべ、

「敵は舟、われは水なり。……水澄みて、舟の動かば……」

と、呪文のようにつぶやいた。

一瞬、宗二郎は何のことかと思ったが、牢人が抜刀したのを見て、気を集中させた。

「やる気か」

宗二郎も抜刀した。

牢人は低い下段に構えた。だらりと足元に落とした切っ先が、宵の淡い月光を受けてかす

かにひかっている。

「渋沢念流、蓮見宗二郎だ。うぬの流は」

宗二郎は剣の流派だけでも聞きたいと思ったのだが、牢人は無言だった。

答えるかわりに、牢人は下段に構えたまま、その体をかすかに揺らし始めた。全身が波間に浮かぶ流木のように上下に揺れている。

……後《ご》の先《せん》の太刀か。

牢人が体を揺らしながら気を集中し、宗二郎の斬撃の起こりをとらえようとしていることを察知した。敵の仕掛けにすばやく応じて、斬り込む後《ご》の先《せん》の狙いである。

牢人の体の揺れがしだいに激しくなってきた。

……これは！

宗二郎は、背筋が凍るような寒気を感じた。

ぬらりと立っている牢人の体が眼前に迫って来るような異様な威圧を感じ、何か霊気のようなものに体をつつまれたような感じがしたのだ。

テエイッ！

突如、宗二郎は敵の胸にたたきつけるような激しい気合《きあい》を発した。気当《きあ》てである。このまま対峙したら、牢人の威圧に気がすくむと察知した宗二郎は、気合で撥ね除けようとしたのだ。

宗二郎の鋭い気合と同時に牢人の威圧がわずかにうすれた。すかさず、宗二郎は青眼に構えた切っ先をさざ波のように小刻みに動かした。

渋沢念流の秘剣「鱗返し《うろこがえ》」である。これは太陽や月などの光源のあるときだけ遣える技で、切っ先を敵の目線につけ、小刻みに刀身を震わせながら胸の辺りまで下げていく、すると、刀身が微妙に光を反射して敵に威圧感を生じさせるとともに、敵の間積《まづも》りを狂わせるのだ。きらきらと刀身が、魚鱗のようにひかることから、鱗返しと呼ばれている。

牢人の顔に一瞬、驚愕の表情が浮き、すばやく一歩身を引いた。

「……目幻《めくらま》しか!」

牢人は吐き捨てるように言った。

だが、鱗返しの神髄は、光の反射で敵を幻惑するだけではない。

切っ先を敵の目線から胸の辺りまで下げていくときに、少しずつ間合をつめていくのだ。

そして、切っ先が喉元を過ぎ胸の辺りまできたとき、刀の動きをとめると、刀身が敵の目に一本の黒い棒のように見え、同時に宗二郎の姿がすぐ眼前に迫っているような錯覚を生む。

敵はその異常な接近に恐懼《きょうく》し、がむしゃらに斬りこんでくるか、逃げるかである。斬り込んでくる者には、体《たい》をひらいて小手か胴を払い、逃げる者には踏み込んで腹を突く。

鱗返しもまた、敵を追いつめ動きに応じて斬る後の先の太刀である。

宗二郎は、牢人が背後に身を引くのに合わせて、大きく間をつめていた。

切っ先が牢人の胸の辺りまで下がったとき、刀身の揺れがとまった。

刹那《せつな》、牢人の顔に驚愕の表情が浮いた。異常な間合の接近に動揺したのだ。

そのとき、牢人の影のような体が、フッと動いた。

くる！

と、感知した宗二郎は、その小手を斬り落とすべく、刀身を振り上げた。次の瞬間、宗二郎の目に、牢人が疾風のように斬り込んでくる姿が見えた。

迅《はや》い！

凄まじい踏み込みだった。両者はほぼ同時に、敵の動きに反応したといっていい。宗二郎は小手を狙って刀身を斬り落とし、牢人は鋭く下段から胴を払った。

キーン！

という金属音がひびき、夜陰に青火が散った。

瞬間、ダッ、とふたりは背後に跳ね飛んだ。宗二郎の左の袂が裂け、牢人の右腕にわずかな血の線がはしっていた。お互いの鍔元《つばもと》で刀身を弾き合ったが、わずかに切っ先がとらえていたようだ。

「なかなかの手練《てだれ》よ」

牢人の口元がゆがみ、奇妙な嗤いが浮いた。だが、双眸だけは夜叉《やしゃ》のように爛々《らんらん》とひかっている。

「次は、目幻しの手はくわぬ」

牢人は低い声で言い、目線を宗二郎の爪先へむけた。刀身を見ずに、間合と斬撃を読むつもりのようだ。

ふたたび、宗二郎と牢人は三間ほどの間合で対峙した。

そのときだった。牢人が不利と見たのか、あるいは初めから助勢するつもりだったのか、伊佐次が立て掛けてあった長板を、宗二郎に向かって倒した。

幅一尺、長さ二間ほどの板が、何枚も宗二郎の頭や肩先に倒れてきた。

板を避けた隙《すき》に牢人に斬り込まれる、と察知した宗二郎は、倒れてくる板の方へ突進した。

バラバラと板が宗二郎の肩や頭に当たり、激しい音をたてて跳ね飛んだ。伊佐次は宗二郎の突進に驚きながらも、次々に板を倒す。

「伊佐次、手出しをするな！」

牢人が苛立ったような声をあげた。

宗二郎は、牢人の踏み込みを阻止するため、自分から伊佐次や牢人目掛けて板を倒した。

伊佐次が悲鳴をあげ、板の倒れる激しい音が辺りにひびいた。

その騒音を聞きつけたのか、ちかくの町屋で板戸の開く音がし、複数の足音と人声が聞こえた。

う。

「蓮見、勝負はあずけた！」

牢人はそう言うと、すばやく納刀しきびすを返して走りだした。伊佐次も慌てて後を追う。

「お侍さま、どうなされました」

駆け寄ってきた老爺《ろうや》が、倒れて散乱した板に目を剝いて訊いた。

「急に、狂い犬が飛び出してきた。それも、二匹だ……」

宗二郎は荒い息を吐きながら、ふたりの消えた闇を呆然と見つめていた。

第三章　貉横丁《むじなよこちょう》

1

大川に西日が照り、川面が鴇色《ときいろ》に染まっていた。軒下に提灯をさげた涼み船がくりだし、華やかな灯《ひ》を揺らしている。三味線《しゃみせん》や鼓《つづみ》の音、女の嬌声や酔客らしい濁った笑い声などが、川風のなかにさんざめくように聞こえてくる。

鵜野ノ銀次は、船宿よし野印半纏《しるしばんてん》に細い股引、手ぬぐいで頬っかぶりして、猪牙舟の水押しを桟橋の方へゆっくりと寄せてきた。

よし野は深川相川町《あいかわ》にあり、銀次はそこの船頭をしていた。このところ午後だけよし野の仕事をし、夕暮れとともに佐賀町の野沢屋へ出かけていた。始末人として、夜盗から店を守るためである。

銀次は、よし野の客を吉原まで運び、いま戻って来たところだった。

「おまえさん、行くのかい」

桟橋の上に小つるが迎えに出ていた。

小つるは、銀次の女房である。ふだんはよし野の抱えの芸者として座敷に出ているが、銀次が始末の依頼を受けたときは、ヒキ役となる。

この時代、深川では羽織芸者《はおりげいしゃ》と呼ばれ、「いき」や「いさみ」で売っていたが、小つるはその羽織芸者でもあった。通常、羽織芸者は芸のほかに客の求めに応じて体も売ったが、小つるだけは別格だった。

よし野の主人は、小つると銀次に、何かことがあったらよし野を優先して守ることを条件に始末人とヒキの仕事を認めていた。そして、小つるにも客を選ばせ、体を売ることを強要しなかったのである。

小つるは、黒襟《くろえり》の縞物の小袖に茶の帯、下駄をつっかけた地味な身装《みなり》で、船頭の若い女房のように見えた。

「ああ……」

銀次は舫《もや》い綱《づな》を杭にかけると、ひょいと桟橋に跳び降りた。

「これで、腹ごしらえをしておくれ」

小つるは、銀次に小さな行李《こうり》を手渡した。中に握り飯と香の物が入っている。夕餉《ゆうげ》として、小つるが用意したものだ。

ふたりは寄り添うように桟橋を歩き、短い石段を上って通りへ出た。

「おまえさん、気をつけておくれよ」

銀次の耳元で、小つるがつぶやくような声で言った。

「なに、押し込みとやり合うつもりなどねえ」

銀次は低い声で、無表情のまま言った。

寡黙《かもく》な銀次は、小つるに対しても余分なことは喋らない。歳は二十九。小柄で痩せていて暗い顔をしていた。

だが、深川界隈では鵺野ノ銀次の名を聞いただけで、震え上がる地まわりや遊び人は多い。

夜禽《やきん》のように夜目が利き、匕首を巧みに遣う。闇にまぎれて敵を襲い、匕首で首筋を掻き斬る。銀次に首を斬られると、噴出した血がひょうひょうと物悲しい音をたてるという。その噴出音が、鵺の啼き声に似ていることから、鵺野ノ銀次と呼ばれているのである。

ちなみに、鵺という鳥は別名トラツグミといい、夜中に悲しい声で啼くそうである。

「あたしは、先に長屋に帰っているからね」

ふたりの住む長屋は相川町にあり、小つるはよし野には出ずにこのままもどるようだ。

「戸締まりを忘れるな」

銀次はそう言い残して足を速めた。

相川町から佐賀町まではちかい。野沢屋まで、小半刻（三十分）もかからないはずである。銀次は、ゆっくりした足取りで大川端を歩いた。

永代橋の東の橋詰《はしづめ》まで来ると、人通りが急に多くなった。着飾った娘や団扇《うちわ》を手にした町人などの姿が目立つ。夕涼みや橋の上から花火の見物に来た者たちのようだ。

そのとき、橋詰の辺りから銀次の後を尾けはじめた男がいた。

肌の浅黒い剽悍《ひょうかん》そうな男で、頰に刀傷がある。疾風の与市だった。与市は棒縞の小袖に角帯姿で、通行人の陰に身を隠すようにして巧みに銀次の後を尾けてきた。

銀次は尾行に気付いていない。通行人が多いせいで、背後の与市にとくに不審はいだかなかったのである。

すぐに、橋詰の賑やかな広場を過ぎ、佐賀町に入った。野沢屋は大川端の通りではなく、掘割沿いの町屋の混んだ通りにあった。

銀次は右手の細い通りにまがった。道の両側には板戸を閉めた小体《こてい》な裏店が軒を連ね、急に闇が濃くなり人影もなくなった。

この細い通りが、掘割沿いの大きな通りに突き当たったところに野沢屋はあった。

銀次は、細い通りに入ってすぐ背後から尾けてくる人影に気付いた。町人ふうの男である。細い通りに入ると、男は足を速めて間をつめてきたようである。足音もはっきりと聞こえてきた。

……あの野郎、おれを狙っていやがるのか。

銀次は男の姿に、ただならぬ気配を感じていた。獲物を追う野獣のような足運びである。

だが、相手は町人ふうの男がひとりである。銀次の胸に恐れはなかった。

……この先に空地がある。そこで、問い質してみるか。

そう、銀次は思った。

半町ほど先に、つぶれた裏店を取り壊した空地があった。周辺に欅《けやき》や榎《えのき》が葉を茂らせていて、人目につかない隔離されたような場所だった。

その空地のそばに来て、銀次の足がとまった。

……もうひとり、いやがった！

通りのそばの榎の樹陰に人影があったのだ。しかも、待ち伏せていたのは、二刀を帯び、手に槍らしい武器《えもの》を持った武士である。

……臼井さまを襲ったふたり組だ！

銀次の脳裏に文蔵の話がよぎった。

背後を振り返ると、すぐ間近に町人ふうの男が迫っていた。

……挟み撃ちだぜ！

銀次は、ふたりが初めからここで襲うつもりで仕掛けてきたことを察知した。

「銀次さんですかい」

町人ふうの男が質した。

右手を懐に入れている。匕首を呑んでいるようだ。

「おめえは」

銀次も懐に右手を入れた。

「名乗るほどの者じゃァありやせん」

男は口元に嗤いを浮かべて言った。

榎の陰にいた武士が、つかつかと歩み寄ってきた。痩身で鼻の高い酷薄そうな顔をしていた。牢人らしく、総髪を後ろで束ね、猛禽のような鋭い目をしている。

銀次はこの男が、大島兵部だろうと思った。

大島は槍の鞘をはずし、刺撃の間に近寄ってきた。

……こいつら、殺し慣れたやつらだ。

ふたりの敵ではない、と銀次は察知した。とくに、大島は臼井にさえ、遅れをとらせたほどの槍の遣い手である。

銀次はすばやく逃げ道を探った。町人ふうの男の脇をすり抜け、一気に駆けて通りの突き当たりにある掘割に飛び込み、向こう岸へ泳ぎ渡るしかないと思った。

「お、お侍さま、ご勘弁を……」

銀次は弱々しい声で言って、後じさった。

大島との間を取りたかったのだ。銀次は、足ならふたりに負けない自信があった。

2

「町人、逃がしはせぬ」

大島は、ズ、ズ、と足裏をするようにして間合を狭めて来た。すでに、槍の穂先を銀次の腹のあたりにつけている。

……強《つえ》え！

銀次は、凄まじい威圧を感じた。蛇に睨まれた蛙のように身がすくむ。

大島は大きく一歩踏み出した。全身に気勢がみなぎり、穂先に殺気がこもった。

「これでも、くらえ！」

突如《とつじょ》、銀次は左手に持っていた行李を、大島の顔面にたたきつけるように投げた。

大島は背後にのけ反りながら槍を振り上げて、柄でよけた。その一瞬の隙《すき》を、銀次は逃さなかった。

右手にいた与市の方に跳びながら、右手で懐の匕首を抜き、与市の首筋に斬りつけた。

だが、与市も疾風と異名を持つほど、すばしっこい男である。匕首のあつかいも銀次に勝るとも劣らない。

体《たい》をひねりながら、銀次の匕首をかわすと、下から掬《すく》うように斬り上げた。

銀次の切っ先は空を斬り、与市のそれは銀次の右の二の腕をわずかにとらえた。血が噴出し、銀次の匕首が夜陰に飛んだ。

だが、銀次は一瞬も立ち止まらなかった。そのまま突進し、与市の脇をすり抜けようとした。

トオッ！

その瞬間、甲高《かんだか》い気合とともに大島の刺撃が、銀次を襲った。

鋭い突きは、駆け出した銀次の太腿をとらえた。

疼痛が疾る。だが、傷は浅かった。遠間《とおま》だったため、穂先がわずかに刺さっただけである。銀次はかまわずに駆けた。

銀次の足は迅《はや》い。だが、与市も大島も激しい勢いで追ってきた。

ザザザ……、と空地の雑草を分ける音がし、銀次は背後に覆いかぶさるような凄まじい殺気を感じた。

……追いつかれたら殺《や》られる！

銀次は懸命に走った。

細い通りを抜けると、眼前に掘割の水面が見えた。黒い水面に向かいの小料理屋の灯が映り、揺れていた。どこかで、子供の声と若い女の笑い声が聞こえる。だが、その声の方に目をやる余裕もなかった。

銀次は水面に向かって跳躍した。夜陰のなかに黒い半纏《はんてん》をひるがえして飛ぶ銀次の姿が、一瞬、飛翔する怪鳥のように見えた。

ザブン、という水音がした。

掘割の幅は五、六間。幸い、ちかくに橋はない。銀次は若いころから船頭として、川とともに生きてきた男である。大川やこのあたりの掘割のことは熟知していた。一町ほども、まわらなければ、橋はなかった。

その間に向こう岸に泳ぎつき逃げられると踏んだのである。

銀次は水中で半纏を脱ぎ、浮かびあがるとすぐに泳ぎ出した。右腕と左太腿に疼痛があったが、それほどの傷とは思わなかった。

旦那、向こうだ！

まわれ！

と、叫び合うふたりの声が聞こえた。執拗である。なおも、追って来るようである。

銀次は、対岸の土手に這い上がった。濡れ鼠である。掘割にかかっている土橋の方を見たが、ふたりの姿は見えなかった。

だが、躊躇《ちゅうちょ》している暇はなかった。銀次はすぐに駆け出した。

月は出ていたが、上空を薄雲がおおっているらしく、辺りの闇は濃かった。銀次は掘割沿いの通りから、狭い露地へ逃げ込んだ。この辺りの露地は知り尽くしている。銀次は露地から露地へと走った。

裏店《うらだな》の裏手にある狭い露地に走りこみ、銀次は立ち止まった。ハア、ハア、と荒い息を吐きながら、背後の気配をうかがった。

……なんとか、振り切ったようだぜ。

後から追ってくる足音はなかった。

銀次はゆっくりと歩きだした。急に、疼痛がよみがえってきた。見ると、右腕と左後太腿がべっとりと血に染まり、なおも出血していた。まずい、と銀次は思った。長年始末人として命のやり取りをしてきた銀次は、浅手でも多量の出血で死ぬことを知っていた。

……血をとめねえと、あぶねえ。

銀次はそう思い、露地の行きづまりにあったちいさな稲荷の脇にかがみこんで、止血の手当をした。

腰にぶら下げてあった手ぬぐいで腕を、半纏の下に付けていたどんぶりを取って太腿を、強く縛りあげた。

銀次は、小つるのいる相川町の長屋にもどった。しかし、すぐに戸口には向かわず、長屋の入口の木戸のそばで身を隠し、ふたりが帰りを待ち伏せしていないかどうか、確認してから木戸をくぐった。

長屋の名は庄兵衛店《しょうべえだな》。棟割長屋だが、土間につづいて六畳の居間と奥にも四畳半の寝間がある。

小つるは、土間の隅にある流しに立っているらしく、腰高障子に薄い人影が映っていた。

銀次は障子をあけた。半裸で、どす黒い血に染まっている銀次の姿を見て、小つるが仰天した。

「お、おまえさん！　どうしたんだい」

「佐賀町で、待ち伏せしてやがったのよ」

銀次は上がり框にどっかりと腰を落とした。まだ、出血しているらしく、腕や太腿から土間に血が滴り落ちた。

「すぐ、玄庵《げんあん》先生を呼ぶよ」

小つるは蒼《あお》ざめた顔で言った。

玄庵というのは、よし野に出入りしている町医者で、以前、銀次が傷を負ったとき、診てもらったことがあった。

「いい、てえした傷じゃァねえ。……小つる、酒はあるか」

「あるよ」

「よし、傷口を洗ってくれ、膿《う》むといけねえ」

銀次は上がり框の上で、股引を引き裂いて足を伸ばした。

すぐに小つるは、晒と酒の入った貧乏徳利《びんぼうどっくり》を抱えてくると、太腿を縛ったどんぶりを解いた。

傷口は小さかったが深いらしく、真っ赤な血が吹き上がり、太腿を染めながら流れ落ちる。小つるは手早く酒で傷口を洗い、晒で幾重にもきつく縛った。右の二の腕も同様に手当てが終わると、小つるは銀次の前に腰を落とし、荒い息を吐いた。必死だったらしく、額や首筋を汗が流れている。

「すまねえ、少し横になるぜ」

銀次がそう言って、上がり框から座敷へ足を運んだときだった。ふいに、銀次は野沢屋があぶないと思った。臼井が襲撃され店の守りが手薄になった夜に、相模屋に夜盗が押し入ったはずだ。その夜と同じ状況である。

「小つる、いま、何時《なんどき》だい」

銀次がこわばった顔で振り返った。

「もう、四ツ（午後十時）ちかいよ」

小つるは、不安そうな顔をして銀次を見た。

「まだ、間に合う。ちょいと、出かけて来るぜ」

銀次は、野沢屋へ行ってみるつもりだった。

「な、何を言ってるんだい！　おまえさん、死ぬ気かい」

小つるが血相を変え、銀次の袖をつかんだ。

「お、おまえさんの顔は、土気色だよ。体がふらふらしてるじゃないか。これ以上血が出たら、あぶないんだよ。分かってるのかい」

小つるは、銀次の袖をつかんだまま前に立ちふさがった。必死の形相だった。

「だ、だが、野沢屋があぶねえ……」

「そんな体で、おまえさんが行って何ができるんだい。指をくわえて見てるだけだろう」

「………」

小つるの言うとおりだった。野沢屋まで、走ることもできまい。何とか野沢屋にたどりつき、賊の侵入に気付いても、小つるの言うとおり見ているだけだ。

「あたしが行くよ。あたしは、おまえさんのヒキだ。つなぎ役はあたしの仕事さ」

「元締に知らせるのか」

「そうさ」

小つるは着物をつかんで、裾《すそ》を高くした。

「小つる、頼むぜ」

銀次もそれしかないと思った。

「おまえさん、寝てなけりゃァいけないよ」

そう言い置くと、小つるは戸口から飛び出して行った。

銀次は、上がり框に腰を落とし、遠ざかっていく小つるの下駄の音を聞きながら、まだ、間にあう、と思った。

相模屋が襲われたのは子ノ刻（零時）ちかくである、まだ、一刻（二時間）ほど間があったのだ。

3

だが、銀次の読みははずれた。運が悪かったともいえる。小つるが鳴海屋に駆け込んだとき、文蔵がいなかったのである。

文蔵は、両国の大店からあらたな依頼があり、柳橋の料理屋に出かけたまま戻っていなかった。

「ともかく、すぐに知らせないと……」

すでに、寝着に着替えていたお峰は、小つるの話を聞いて顔をこわばらせた。

「柳橋まで、走りましょうか」

小つるが言った。

すでに、鳴海屋に来てから小半刻（三十分）ちかく経っていた。店が暖簾をしまい、お峰や雇い人たちが寝込んでいたので、それを起こすのに手間取ったのだ。いまごろ、野沢屋に賊が押し入っているかもしれないと思うと、小つるは気が気ではなかった。

「いや、あの人より、蓮見さまに知らせた方が早いよ」

柳橋には泥鰌屋の伊平もいるはずだが、お峰の言うとおり、本所の増田屋にいる宗二郎の方が近い距離にいる。

「待っておいで」

そう言うと、お峰はすぐに玄関から奥へ引っ込み、若い彦七を連れてもどって来た。彦七はふだんから鳴海屋に住み込んでいるまわり役である。

「彦七、増田屋まで、つっ走っておくれ」

お峰の言葉に、ヘイ、と応えた彦七は、着物の裾を後ろ帯に挟み、両袖をたくし上げて飛び出していった。

彦七からの火急の報らせで、宗二郎が野沢屋まで駆け付けたとき、子ノ刻（零時）を少し過ぎたころだったが、すでに土蔵が破られ、千両箱ひとつと銭箱にあった五十両ほどが奪われていた。

翌日、四ツ（午前十時）ごろ、鳴海屋の二階の座敷に文蔵をはじめとして、八人の男女が集まっていた。宗二郎、佐吉、伊平、孫八、小つる、彦七、それに傷の癒えた臼井である。

いずれも困惑の表情を浮かべている。

「おそらく、賊が野沢屋へ侵入し、土蔵を破って金を運びだすのに、半刻（一時間）もかからなかったろうな。みごとなもんだ」

宗二郎が言った。

昨夜、宗二郎は彦七とともに野沢屋に残り、早朝、駆けつけた岡っ引きの達吉に事情を話してから鳴海屋にもどったのだ。

「やはり、錠前を破ったんで」

文蔵が訊いた。

「そうだ。賊は板塀を越え、まっすぐ店の裏手にある土蔵へむかい、錠前をはずしたようだ。合鍵を使ったようにきれいにはずれてたよ」

「すると、越後屋や相模屋と同じ賊ですな……」

文蔵は思案するように視線を落としたが、すぐに顔を上げ、

「やはり、夜鴉の吉蔵一味の仕業《しわざ》ですな」

そう言って、一同に視線をまわした。

「ですが、元締、なんだって、あっしら始末人が守ってる店ばかり狙うんです」

伊平が言った。

このところ、相模屋、野沢屋と、始末人が張り込んでいた大店ばかりが、たてつづけにや

られていた。しかも、夜盗たちは始末人が店を守っていることを知った上で、店へ出かける途中を襲い、店の守りが手薄になった夜を狙って押し入っているのだ。

「そのわけは、ふたつありますな。ひとつは、それぞれ深川界隈の大店で、外に金蔵があったこと。もうひとつは、鳴海屋への意趣返《いしゅがえ》し……」

文蔵の細い目が、虚空にとまったままにぶくひかっていた。

「意趣返しだと」

伊平が声をあげた。

「はい、十五年ほど前、わたしが一味のひとりを捕らえ、そいつが舌を嚙み切って死に、それ以来、一味が姿を消したことは前に話しましたな。……もし、一味がまた集まって、深川界隈で盗人働《ぬすっとばたら》きをする気になったら、どう考えると思います。まず、鳴海屋が邪魔だと思うんじゃァありませんかね。それに、昔、仲間を殺された恨みもある」

「それで、わしら始末人を襲っておいて、その店に押し入ったのか。……それにしても、盗賊とは思えぬやつらだぞ」

臼井が言った。

小つるの話から銀次を襲ったのも、玄武流の槍を遣う大島兵部と匕首を遣う遊び人ふうの男であることが分かっていた。

「たしかに、そうだ。おれの相手も牢人だがかなりの遣い手だった。まるで、霊気をまとっているような不気味な男だったぞ」

　宗二郎は以前、襲われた牢人のことは話してあったが、そのときは臼井がいなかったので、あらためて話し、

「あれだけの遣い手なら、名のある者だと思うが……」

と、言って臼井の方へ顔をむけた。

「何流を遣う」

　臼井が聞き返した。

「いや、分からぬ。ただ、妙なことを口走っておった」

「妙なこととは」

「敵は舟、われは水なり、とな。呪文のようにつぶやいておったが」

「うむ……。それだけでは、分からぬが、刀法の極意の口伝《くでん》か、あるいは、兵法歌《ひょうほうか》の一部かもしれぬな」

「なるほど」

　臼井の言うとおり、武芸の各流派は、口伝と称して抽象的な文言や譬《たと》えで、その流派の極意を口伝《くちづた》えに伝授することが多いし、また、流派によっては兵法歌にして極意を後世に残す者もいる。

　宗二郎と臼井が口を噤《つぐ》むと、

「ともかく、相手はただの盗人ではないようですな。それに、夜鴉の吉蔵一味だとしても、以前の一味とはちがって、残忍でございます。以前は、けっして人を殺《あや》めなかったんでございますが、今度の一味は、女中や船頭を情け容赦なく始末しております。何かが変わったと見ねばなりますまい」

と、文蔵が言い、膝先の冷めた茶を一口すすってから話をつづけた。

「ですが、このままでは、御守料をいただいた店を守ることはできません。向こうはこっちの動きを探ったうえで、ひとりになったところを仕掛けております。……おそらく、次は、伊平さんを襲ったうえで、柳橋の富政さんを狙ってくるでしょうな。そして、蓮見さまにも、もう一度仕掛けて来ると見ますがね」

文蔵は細い目を伊平と宗二郎にむけながら言った。

文蔵の顔から微笑が消えていた。好々爺《こうこうや》のような穏やかな面貌《おもて》ではなかった。始末人の元締らしい凄味のある貌《かお》である。

「元締、どうします」

伊平が訊いた。

「ともかく、明るいうちに店に入ってもらいましょう。それに、富政さんの守りには、臼井さまも加わってもらいましょうかね」

文蔵は臼井の方へ顔をむけた。

「望むところだ。おれも、このまま引き下がったんじゃァ、始末屋はつづけていけぬと思っていたところだからな」

臼井は強い口調で言った。

「蓮見さまが守っている増田屋さんですが、銀次さんの傷が治るまで、小つるさんにお手伝いしていただきましょうかね」

「いいよ」

小つるは、男のような口調で答えた。

「いき」や「いさみ」で売っている深川芸者らしく、小つるは伝法《でんぽう》な口をきくが、根は女らしいやさしさを持っている。

「ですが、賊が押し込むのを待っているだけでは埒《らち》があきません。それに、ほかの店から依頼があっても動けないでしょうし、このままでは、御守料をいただいた相模屋さんと野沢屋さんにも顔向けできません」

「文蔵どのの言うとおりだ。おれも、このままでは立場がない」

臼井が言った。

「こうなったら守るだけではなく、こっちからも攻めようと思うんですがね」

そう言って、文蔵が一同に鋭い視線をむけた。

「攻めるとは」

「はい、相手が端《はな》から命を狙って仕掛けてきたんです。これでは、きれいな始末は無理ですな。手を汚すことになっても、こっちから仕掛けましょう」

きれいな始末とは、相手と談判し納得ずくで縁を切らせることで、日頃から文蔵は始末人たちに、きれいな始末をするように言っていた。始末人が平気で人を殺すようになったら、お天道様《てんとうさま》の下を歩けなくなりますよ、と言うのが文蔵の口癖でもあった。

それと反対に、手を汚すとは、殺しで始末をつけることである。文蔵は殺しで始末をつけることを、手を汚す、と言って嫌っていたのである。

その文蔵が自分から、殺しを言い出したのだから、余程の決意といっていい。

「幸い、たぐり寄せる糸が何本かございます。ひとつは、玄武流の槍を遣う、牢人の大島兵部。それに、掏摸の伊佐次。このふたりが、仲間にくわわっていることはまちがいないでしょう。正体が知れてるんですから、たぐりやすいはずですよ」

そう言って、文蔵は一同に視線をまわし、

「どうでしょう、まわり役の者にも調べさせますが、手の空いた間だけでもヒキの皆さんに手伝っちゃァもらえませんかね」

と、佐吉や孫八に目をやりながら言った。

「元締、あっしは伊佐次を洗ってますんで、このままつづけさせてもらいますぜ」

佐吉が言った。

「それじゃァ、あっしは、大島の野郎を」

孫八がつづいて言った。

小つると、まわり役の彦七も手伝いたいと言い出した。

「そいつは有り難い。ただし、皆さんは手出しはむろんのこと、相手に気付かれるような深入りもやめてもらいますよ。これ以上、皆さんに痛い目をみてほしくありませんからな。……仕掛けるのは、始末人の皆さんです」

文蔵は念を押すように言った。

4

竪川の水面が金砂を撒いたように輝いていた。さざ波に初秋の強い陽射しが反射《はね》ているのだ。

増田屋を出た宗二郎は、竪川縁の道を歩いていた。

陽射しが強く感ずるのは、寝不足のせいかもしれない。昨夜は夜盗を見張るため、一刻（二時間）ほど仮眠しただけで、起きていたのだ。

野沢屋が夜鴉の吉蔵一味と思われる夜盗に襲われて五日経っていた。その後、押し込みはなかったし、町方の探索も進展していないようである。

宗二郎は、入船町の材木置き場で待ち伏せていた牢人のことが気になっていた。ちかいうちに、また剣を交えるような予感があった。

……互角か。

宗二郎は一合したときは、互角の感触をもった。

だが、もう一度斬り結んでいれば、後れをとったかもしれないという気がした。一度目は鱗返しによって、牢人の間積もりを狂わせることができたが、次はその術中に嵌まらないだろうと思ったのである。

……このまま対戦したら、斬られるかもしれない。

との恐れが、宗二郎の心底にあった。

そして、その恐れに加えて、宗二郎の心を強くとらえていたのが、牢人の身辺にただよっていた妖異な雰囲気である。あのとき、宗二郎は何か霊気なものにでも包まれたような気がして、ゾッとしたのだ。

……あれは、剣から出たものではない。

と、宗二郎は思った。

狂気をおびた異様な心が、あのような不気味な雰囲気を生んでいるのではないかという気がしたのだ。

宗二郎は二ツ目橋のたもとを右手にまがった。長屋のある入船町とは反対の方角である。道は御竹蔵の脇をぬけ北本所へと通じている。

北本所番場《ばんば》町にある蓮見道場が、宗二郎の実家である。道場は父の剛右衛門《ごうえもん》がひらいたものだが、老齢で隠居した後、兄の藤之介《とうのすけ》が道場を継いでいた。ちかくの御家人や軽格の藩士など八十人ほどが門弟として通っており、兄夫婦が食べていけるくらいの実入りはある。

剛右衛門が隠居した当時は、宗二郎も兄とともに門弟たちに稽古をつけていたのだが、兄が富江《とみえ》という嫁をもらった後、家を出ていまの甚助長屋に独り住むようになったのである。

宗二郎は、家を出た後もしばらくは道場に通っていたが、始末人として暮らすようになると、道場への足も自然に遠のいた。いまは、何か用事がなければ実家へ顔を出すこともなくなった。

まだ、朝稽古が終わってないらしく、道場から気合や竹刀を打ち合う音などが響いていた。耳慣れた音で懐かしかったが、宗二郎は木戸門をくぐると道場へは向かわず庭先へ足をむけた。

宗二郎は、父に会うために敷地内に建てられた離れに向かった。隠居後、離れに寝起きしている剛右衛門に会うためである。

縁先で剛右衛門が茶をすすっていた。柿色の筒袖《つつそで》に褐色《かちいろ》の軽衫《かるさん》というくつろいだ身装《みなり》で、庭先に咲いた萩《はぎ》の花を見ていたようである。梅《うめ》や柘植《つげ》など庭木の間に萩があり、薄桃色の可《か》憐《れん》な花を咲かせていた。

「何の用かな」

剛右衛門は立ち上がって、微笑《ほほえ》みかけた。

すでに、鬢《びん》も髷《まげ》も真っ白で人のいい老爺《ろうや》といった風貌だが、太い腕《かいな》やどっしりとした腰には剣客としての偉容が感じられた。

「父上にお聞きしたいことが、ございまして」

宗二郎は剛右衛門と並んで腰を落とし、萩に目をやりながら言った。丸いちいさな葉をつけた枝先に赤とんぼがとまっていた。樹間をぬけてくる細風《そよかぜ》にも、冷ややかな秋の気配がある。

「何じゃな」

「ある者が、低い下段に構え、こう申したのです。……敵は舟、われは水なり、と」

宗二郎は入船町で対戦した牢人の素性を、剛右衛門に聞くつもりで実家へ足を運んできたのだ。

長年、道場主として生きてきた剛右衛門は、江戸の剣壇にも明るいはずだった。

「ほう、敵は舟、われは水とな……」

剛右衛門の細い目の奥がひかった。その穏やかな面《おもて》貌と一瞬見せた鋭い双眸が、長年剣に生き神妙を会得した者の深淵さを垣間見《かいまみ》させた。

「何か、お心当たりが」

「ある。清巌流兵法歌《せいがんりゅうひょうほうか》じゃ」

「清巌流……」

聞いたことのない流派だった。

剛右衛門の話によると、清巌流は一刀流を学んだ塚本弁之助《つかもとべんのすけ》なる兵法者が廻国修行ののち、神妙を得て清巌流を名乗り、江戸に道場をひらいたという。

「ただ、笊《ざる》や小布団《こぶとん》を面《めん》がわりにして木刀で打ち合う荒稽古ばかりで、刀法らしきものは教授しなかったため、門弟は離れ、塚本も江戸から姿を消したが……。ただなァ、かれこれ、十七、八年は経とうぞ」

「塚本なる者、当時いくつぐらいでございましたか」

宗二郎は、牢人と塚本を重ねて見たのだ。

「四十代半ばであったろうか。……わしより、五、六歳は上だったろうな」

「………」

ちがう、と宗二郎は思った。江戸から姿を消したのが、十七、八年ほど前となると、塚本はすでに還暦を過ぎている。入船町で対戦した牢人は、三十代半ばだった。となると、あの牢人は塚本ではないことになる。

「塚本なる者のほかに清厳流を遣う者、ご存じありませんか」

宗二郎が訊いた。

「さて、知らぬな。身内の者や名のある門弟はいなかったようだし……。たしか、道場のあったのは神田亀井《かめい》町だったはずじゃ。あるいは、近隣に知っている者がいるかもしれぬな」

「そうですか」

宗二郎は亀井町まで行ってみようと思った。

「宗二郎、その兵法歌じゃがな。まだ、先があるのだ」

剛右衛門が立ち上がって言った。

「こうじゃ。……敵は舟、われは水なり、水澄みて、舟の動かば、身を捨てて斬れ、とな」

「どのような教えでございます」

宗二郎が訊いた。

兵法歌は、その流派の神髄にかかわる教えを含んだものが多い。牢人がつぶやき、他流である父も知っているところを見ると、重要な教えを詠みこんだ歌と見ていい。

「清厳流では、浮舟の剣と称していた」

「浮舟の剣……」

「なに、とくに目新しい刀法ではない。一刀流でいうところの水に映る月、神道無念流《しんとうむねんりゆう》の、人心、鏡のごとし、と同じ意じゃな。……要するに、敵を月と見たり舟と見たりし、おのれの心を鏡や水面《みなも》と見立てて、敵の斬撃の起こりを映しとることじゃ。そして、敵の仕掛けに応じて、身を捨てて果敢に斬りこめ、との教えじゃな」

剛右衛門は穏やかな顔で言った。

「やはり、後《ご》の先《せん》の太刀でございますな」

「さよう。……だがな、己の心を無にし、敵の動きに反応して一気に斬り込む、このことは、多くの剣の流派の神髄とするところでもあるが、言うは易く、行うは難しじゃ。とくに、心を無にするためには、まず、己の身を捨てねばならぬが、これが容易ではない。わしほどの歳になっても、まだ敵刃に身を晒すのは怖いからのう」

剛右衛門は微笑を消して言った。

「………」

「むかし聞いた話では、清巌流の浮舟の剣は、敵の斬撃の起こりをとらえ、一気に敵の懐に飛び込み下段から斬り上げる剣だそうな。まさに、捨て身の剣だな」

「……！」

あの牢人が遣った剣だ、と宗二郎は察知した。

迅速な凄まじい踏み込みと下段から斬り上げる太刀が、浮舟の剣なのだ。

……あやつ、浮舟の剣の極意を会得している。

と、宗二郎は思った。

父の言うとおり、捨て身の剣だった。入船町で対戦したときも、凄まじい踏み込みで宗二郎の懐に入り下段から斬り上げてきた。鱗返しで間積もりが誤ったため、切っ先がとどかなかっただけなのだ。

「父上、いかようにいたせば、浮舟の剣を破ることができましょうか」

宗二郎は率直に訊いた。

「そうよな。……敵の水面の心に己の動きを映《うつ》させぬことだな」

剛右衛門はつぶやくような声で言った。

「動きを映させぬとは」

「舟のたてる波を、感知させぬことであろう」

そう言うと、剛右衛門は宗二郎に背中をむけた。つっ立ったままだが、その丸い背には、あとは己で工夫するしかあるまい、という拒絶があった。

そのとき、宗二郎は牢人の身辺にただよっていた霊気のようなものについても訊いてみようと思ったが、口を噤《つぐ》んだ。

あの霊気のようなものは、剣から出たものではない、という気がしたからだ。

縁先にもどりかけた剛右衛門の足音に驚いたのか、赤とんぼが萩の葉から飛び立った。赤とんぼは初秋の陽射しのなかをかろやかに飛び、宗二郎の肩先へ来て止まろうとしたが、何かを恐れるように急旋回し、緑陰のなかへ飛び去った。

5

宗二郎は蓮見道場を出た足で、神田亀井町にむかった。大川縁の道を通り、両国橋を渡って両国広小路へ出た。

広小路は大勢の人出で賑わっていた。見世物小屋の呼び込みや物売りの声がひっきりなしに聞こえ、靄《もや》のような土埃《つちぼこり》のなかに老若男女が行き交っていった。この広小路を抜けると、亀井町はすぐである。

亀井町は牢屋敷のある小伝馬町の隣町で町屋が多く、おもて通りには大店が軒を連ねていた。

宗二郎は腹がすいていた。すでに、八ツ（午後二時）過ぎている。宗二郎は通りに小体《こてい》な一膳《いちぜん》めし屋を見つけると、縄暖簾《なわのれん》をくぐった。

飯台に腰を落とすと、初老の店の主人らしき男が注文を訊きにきた。宗二郎は飯と惣菜《そうざい》を頼み、清厳流の道場のことを訊いてみた。

「清厳流、聞いたことがありませんねえ」

主人らしき男は、首をひねった。

「道場主は、塚本弁之助といい、かれこれ十七、八年ほど前、道場をたたんだと聞いてるんだがな」

「塚本さまねえ。……覚えがありませんなァ」

主人らしき男は首を横に振って調理場の方へ歩きかけたが、足をとめ、そう、そう、と言って、宗二郎を振り返った。

「お侍さま、ここから小伝馬町の方へ一町ほどいった角に呉服屋《ごふく》がありやすが、そこが以前、剣術の道場だったと聞いた覚えがありますぜ。行って訊いてみたらどうです」

と言って、調理場の方へ足をむけた。

宗二郎は茄子《なす》の漬物と牛蒡《ごぼう》と油揚げの煮物を菜に丼飯をかきこむと、一膳めし屋を後にした。

呉服屋も小体《こてい》な店《たな》だった。奉公人らしき男がふたりほどいたが、むかしここにあった道場のことで訊きたいことがあって来た、と告げると、主人が帳場の隅に招じ入れてくれた。

「どのようなことでございましょうか」

五十がらみの小柄な主人は、顔をこわばらせて訊いた。警戒しているようだ。突然、得体の知れぬ牢人ふうの男が、十七、八年も前のことで訪ねて来たのだから、警戒して当然であろう。

「なに、たいしたことではないのだ。道場主だった塚本という男に、むかし身内の者が世話になってな。ちかくを通ったついでに、行方を訊いてみようと思っただけなのだ」

宗二郎は当たり障りのないことを言って、主人の警戒心を解いた。

「そうでございますか。……ですが、ずいぶん前のことで、わたしどもにも分かりかねますが」

主人の話では、十七、八年前、塚本から道場ごとこの地を買取り、当初は道場の一部で商いをしていたが、十年ほど前にいまの店舗に建てなおしたという。

「塚本どのは、ここを出た後、どこへ行ったのであろうな」

「ご本人は、小石川の方で、新しく道場をはじめるとおっしゃっていましたが、その後、人《ひと》伝《づて》に耳にした話では、長屋で仕事もなくくすぶっていたようでございますよ」

主人は、チラッと宗二郎を見上げて、口元にうすい嗤いを浮かべた。牢人の行く末など、そんなものですよ、と言わんばかりの顔をしている。

「当時、門弟もいたのであろう」

宗二郎が知りたいのは、入船町で対戦した牢人のことである。

「それが、わたしどもに道場をお譲りになるという話があったころは、ほとんど門人はおられませんでね。明日の米にもお困りだったようでございますよ」

「家族は」

「御新造さまと、当時十四、五歳になられたご長男がおられましたが……」

その男が生きていれば、三十一、二になり、入船町で対戦した牢人と同じ年頃になる。

「ほう、長男がな」

「長男の名は」

「浅次郎《あさじろう》さまと申されましたな」

「塚本浅次郎か……」

聞いたことのない名だった。

「やはり、清厳流を学んでいたのであろうな」

「はい、塚本さまはご子息に、ことのほか厳しくお教えだったと耳にしたことがございますが」

「さようか」

どうやら、あの牢人は塚本浅次郎のようだ、と宗二郎は思った。それにしても、異様な剣である。浅次郎の遣う剣は、父親の弁之助による清厳流の教導だけで身につけたものではないような気がした。

宗二郎は、呉服屋の主人に礼を言って店を出た。

小石川へ足を伸ばしてみようとも思ったが、宗二郎はそのまま入船町の甚助店にもどった。すでに、八ツ半（午後三時）ごろであり、増田屋に行く前に少しでも横になって眠ろうと思ったのだ。

宗二郎が、長屋の露地木戸をくぐり井戸端を通り過ぎようとしたとき、水を汲んでいたお熊《くま》という大工の女房が声をかけた。

お熊は四十がらみで、ふたりの子持である。一家は宗二郎の部屋の斜向《はすむか》いに住んでおり、ときおり余り物の惣菜を持ってきたり、むこうから米、味噌を借りに来たりと、気のおけない付合いをしていた。

「旦那、妙な男が様子をうかがってましたよ」

お熊は顔をしかめて言った。

「妙な男とは」

宗二郎は立ち止まった。あるいは、あの牢人ではないかと思ったのだ。

「二十三、四の目付きのよくない男でね。どうみても、まっとうな暮らしをしてる男じゃないよ」

「町人だな」

「そうだよ。ありゃァ地まわりか博奕打ちだね」

「うむ……」

宗二郎は伊佐次だろうと思った。それにしても、執拗な男である。

お熊の話だと、その男は露地木戸の陰に身を隠すようにして、宗二郎の部屋の様子をしばらく窺っていたという。

「一刻《いっとき》（二時間）もいたろうかねえ。旦那が留守だと分かったらしく、帰っていったよ。……旦那、よくない遊びをして地まわりにでも追われてるんじゃァないのかい」

そう言うと、お熊は下から覗くような目をして宗二郎を見上げた。

「い、いや、案ずるな。……鳴海屋の使いの者であろう。そのうちな、きっちり話をつけるから長屋にも来なくなるだろうよ」

宗二郎は曖昧なことを言って、慌ててその場を離れた。

長屋の連中も宗二郎が鳴海屋に出入りし、始末屋なる稼業であることは知っているが、つけ馬や借金の取り立てなどであり、命のやり取りをするような危ない仕事とは思っていないのだ。

……それにしても、伊佐次とあの牢人の結び付きは妙だな。

宗二郎は、そのことも知りたいと思った。

6

朽ちかけた山門のところに、若い男がふたりかがみこんでいた。島蔵の手下である。賭場がひらいている間、寺に出入りする者を見張っているのだ。

両国米沢町にある正徳寺《しょうとくじ》という古寺だが、五年も前に住職が流行病《はやりやまい》で亡くなってから、無住の寺で荒れるにまかせてあった。この寺にこの辺りを縄張にしている島蔵が目をつけ、本堂に大工を入れて、ひそかに賭場として使っていたのだ。

猫足の佐吉は、山門につづく石段の隅の闇のなかにひそんでいた。

手入れのされていない杜《もり》も荒れていた。それほど広くはなかったが、松や杉などが葉叢《はむら》を密集させ、佐吉のいる石段の辺りも濃い闇でつつんでいた。

佐吉は一刻（二時間）ほど前から、この場所に身を隠し、伊佐次が出て来るのを待っていたのだ。

このところ、伊佐次はよくこの賭場に顔を出していた。ほとんどひとりで来て、夜明けまで遊んで、浅草黒船町《くろふねちょう》にある長屋に帰って行く。

佐吉はここ三日ほど、伊佐次の後を尾《つ》けていた。伊佐次が接触する相手を尾け、夜鴉の吉蔵一味の仲間をつかむためである。

それからいっときすると、山門に見覚えのある人影があらわれた。伊佐次である。

伊佐次は山門にかがみこんでいた若い男になにやら声をかけ、弾けたような嗤い声をあげた。何か卑猥な話でもしたらしい。伊佐次は下卑た嗤い声をもらしながら、ぶらぶらと石段を降りて来た。

……今夜は、早《はえ》え帰《けえ》りだ。

まだ、町木戸の閉まる四ツ（午後十時）を過ぎたばかりだった。

佐吉は太い杉の幹に身を隠したまま、伊佐次を見送った。

博奕で目が出たらしく、伊佐次は鼻唄を謡いながら石段を降りると、大川の方へ歩き、両国広小路へ出た。

十六夜の月が出ていた。日中は賑やかな広小路も、この時間になると急に人影は少なくなり、千鳥足の飄客《ひょうかく》や下駄を鳴らして足早に通り過ぎる夜鷹《よたか》ふうの女などを見かけるだけである。

佐吉は伊佐次の後を尾けた。猫足と呼ばれるだけあって、佐吉はまったく足音をさせず、巧みに物陰に身を隠しながら尾けていく。

伊佐次は大川端を下流にむかって少し歩き、薬研堀《やげんぼり》の手前で、右手の露地へ入っていった。縄暖簾《なわのれん》の飲み屋や小料理屋、一膳めし屋などが、ごてごてと軒を連ねる薄暗い露地である。

……貉横丁《むじなよこちょう》か。

佐吉はそこが、貉横丁と呼ばれる小体《こてい》な飲み屋や食い物屋などが、軒を連ねている通りであることを知っていた。

わずかな銭で酒を飲ませたり飯をくわせたり、女が肌を売ったりする店が多く、客筋は下層の人足やぼて振り、食いつめ牢人などがほとんどである。薄暗い陰湿な露地で、夜になると女子供などは怖がって近寄らない通りでもある。

伊佐次はしばらく、店先の首白女《くびじろおんな》やぎゅう（客引き）などをひやかしながら歩いていたが、明石屋《あかしや》という縄暖簾を下げた店に入っていった。

通りでは大きな飲み屋で、二階にもいくつか座敷があるらしく、明りが点り障子にぼんやりと人影が映っていた。

……どうしたものかな。

佐吉は迷った。伊佐次には、顔を知られていた。店に入って顔を合わせれば、尾けてきたことが知れてしまう。かといって、出て来るまで待つにしても、ちかくに見張るような場所もなかった。

ともかく、店の中を覗いてみよう、と佐吉は思った。顔を合わせるようだったら、すぐに外へ出ればいいのである。

縄暖簾をくぐると、店内は思ったより広かった。それに暗かった。四隅にある燭台が仄かな明りを投げているだけである。いくつもある飯台で飲んでいるらしい客と酌取《しゃくと》り女の姿が、薄闇のなかでうごめいているように見えた。

「お客さん、ひとりかい」

店の中へ入ると、佐吉のそばに厚化粧の女がとんで来た。すでに酔っているらしく、着物の襟元がはだけ、乳房の膨らみまで見えている。

「ああ、酒を飲みてえんだが」

佐吉はすばやく店内を見まわした。

飯台は、二十ほどある。半分ほどの席に客がいて、酌取り女がついていた。女の白い首筋や赤い襦袢《じゅばん》が、燭台の仄明《ほのあか》りに浮かびあがり、なんとも淫靡《いんび》な光景だった。

……ちかくに、伊佐次はいねえようだ。

佐吉はほっとした。

これだけ暗ければ、離れた飯台なら簡単には気付かれない。

佐吉は隅の飯台に腰を落として、酒と肴を頼んだ。

「馴染みはいるのかい」

さっきの厚化粧の女が訊いた。蓮《はす》っ葉《ぱ》なもの言いである。長く肌を売って生きてきた女のふてぶてしさがあった。

「いねえ。この店ははじめてよ」

「そうかい。あたし、およしって言うんだ。あたしでいいかい」

女は体をくねらせ、舐《な》めるような目で佐吉を見た。

かなりの年増《としま》である。肌は白かったが、艶《つや》がなく顎の辺りが弛んでいる。

……いい女じゃァねえが、古株らしい。

佐吉は、伊佐次のことを訊くにはちょうどいい女だと思った。

「いいとも、姐《あね》さんが酌をしてくれるなら、酒も旨《うま》かろうぜ」

佐吉は心にもない甘言を口にした。

およしは銚子と、肴に小芋《こいも》の煮物《にもの》を持ってきた。

飲みながら、店内の様子をうかがったが、飯台に伊佐次はいなかった。飯台を置いた土間のつづきに座敷があり、間仕切《まじき》り用の衝立《ついたて》を置いて何人かが飲んでいた。

伊佐次はそこにいるらしかった。ときおり立ち上がる人影や出入りする女などから見て、伊佐次はひとりではなく三、四人の仲間と飲んでいるようだった。

「さっきな、黒船町の伊佐次を見かけたんだが、よく来るのかい」

佐吉が切り出した。

「あんた、伊佐次さんと知り合いかい」

女の顔に警戒の表情が浮いた。

どうやら、伊佐次はただの客ではないようだ。

「なに、米沢町でな、ちょいと、手なぐさみしたとき、見かけただけのことよ。別に知り合いでも何でもねえんだ」

佐吉は、下手に訊くのは危険だと感じた。伊佐次に知らされたら、店を出られなくなる恐れもあった。

「あんた、あの人に近付かない方がいいよ。……あいつら、何をしてるのか知れたもんじゃないんだから」

およしは佐吉に身を寄せて、小声で言った。

思ったとおり、伊佐次ひとりではなく、仲間がいるらしい。

それから、半刻（一時間）ほどすると、間仕切りの衝立が寄せられ、伊佐次たちが座敷から出て来た。

薄暗い場所なので、人相まではっきりしないが、伊佐次のほかに遊び人ふうの男がふたり、それに牢人がひとりいた。

座敷から土間へ下りた四人は立ち止まって何やら話していたが、牢人がひとりだけ伊佐次たちと別れて、二階へつづく階段へ上がっていった。総髪で、鼻の高い顎の尖った男だった。佐吉は顔を知らなかったが、大島兵部である。

伊佐次たち三人が、佐吉のいる飯台の方へ歩いて来た。

咄嗟《とっさ》に、佐吉はかたわらのおよしに抱きつき、

「およし、よォ」

と、喉声を出して、およしの長く垂れた髪に顔をうずめて隠した。

「なんだい、この人、急にその気になっちまったのかい」

およしも、鼻声を出して佐吉の襟から手を入れ、胸を撫ぜまわしはじめた。

「二階にゃァ、何があるんだい」

佐吉は、飯台の前を通り過ぎる伊佐次たちの気配を感じながら、小声で訊いた。

「行くかい、あたしが朝まで楽しませてあげるからさ。そのかわり、一分だよ」

およしは佐吉の顎のあたりに、唇を当てながら甘えるような声で言った。

「そうかい……」

どうやら、二階は女としけこむ座敷になっているらしい。

あの牢人がひとりで二階へ上がったところを見ると、馴染みの女がいて待っているのであろう。

伊佐次たちが、縄暖簾をくぐって店の外へ出ていった。

佐吉が出ていった三人を尾けてみようと思い、およしから身を離したときだった。右手の隅の飯台で飲んでいた男が、ふいに立ち上がった。

……あの男、政次だ！

佐吉は、その横顔に見覚えがあった。

船宿若松の船頭、利之助の父親の政次である。佐吉は、伊佐次の身辺を調べるため若松にも何度か足を運び、まだ行方をくらます前に政次の顔を見ていたのだ。

政次の方は佐吉のことを知らないらしく、振り返りもせずに佐吉の前を通り過ぎた。

……何で、あいつがこんなところに。

そう思って見ていると、政次は慌てて勘定を済ませて外へ出ていった。

「およし、また来るぜ」

佐吉は巾着《きんちゃく》を取り出した。

「な、なんだい。この人は、二階へは行かないのかい」

およしは、佐吉の豹変に顔色を変えた。

「すまねえ、急用を思い出しちまってよ。これは、また来るときの楽しみに、預けとくぜ」

佐吉はおよしの手に一分銀を握らせた。ここで、およしに騒がれたくなかったのだ。

「そ、そうかい。急用じゃァしょうがないねえ」

ころり、とおよしの態度が変わった。

佐吉は、絡みつくように腕を首筋にまわしてきたおよしを押し退けて立ち上がった。

7

だいぶ夜も更けているはずだったが、diff横丁はまだ明るかった。赤提灯や二階の座敷からの灯《ひ》が通りを照らしている。女の嬌声や酔った客の濁声などが聞こえ、ちらほらと酔客の姿も見えた。

政次の姿が、十間ほど先にあった。その前方に、かすかに三人連れの男の姿が見える。政次は、軒下の闇や露地などに身を隠して尾けていく。

……船頭にしちゃァ、なかなかのものだぜ。

佐吉は、政次の尾行が巧みなのに驚いた。素人とは思えぬ身のこなしで、自然な足運びだが足音をほとんどたてない。

あるいは、若いころ下っ引きでもしてたのかもしれねえ、そう思いながら、佐吉は政次の後を尾けた。

政次は貉横丁を出たところで足をとめ、店の角に身を隠した。前方の三人が、両国広小路を出たところで、立ち止まって話しているらしい。

少し間を詰めると、佐吉のところからも前に立っている三人の姿が見えた。

話し終えると何やら声をかけ合い、三人はその場で左右に別れた。伊佐次ともうひとりの敏捷そうな体軀の男が、柳橋の方へ向かい、ひとりだけが反対側の薬研堀の方へ歩いて行く。

政次は迷わず、ひとりになった男の方を尾けはじめた。

……どっちを尾ける。

佐吉は一瞬迷ったが、政次の後を尾けはじめた。伊佐次は島蔵の賭場を張れば、また尾行することができると思ったのである。

政次と前を行く男は、大川端を歩き、薬研堀にかかる元柳橋の方へむかった。前を行く男が、元柳橋を渡り終えたとき、ふいに政次が駆け出した。どうやら、前の男に追いつくつもりのようだ。

佐吉は町屋の軒下の闇溜《やみだま》りに身を隠しながら、後を追った。

元柳橋を渡り終え、半町ほど行った先で、政次が前の男に追いついた。ふたりの姿が、月光に浮かび上がっていた。そこは、左手に大川が流れ、右手は武家屋敷の黒板塀のつづく寂しい通りだった。

佐吉はふたりの方へ足を忍ばせて近付いた。

……平六、おめえ。

と、政次のなじるような声が聞こえた。

……勘弁してくれ、世話になったんだ。

と、もうひとりの平六と呼ばれた男の声がした。月光に浮かびあがった平六は、四十がらみ、職人ふうの小柄な男だった。

……いま、どこにいるんだい。

という政次の声。

……い、いえねえ、と後じさりながら、声を震わせて平六が応える。

なおも政次が詰めよって、平六の肩先をつかもうとした。

そのとき、武家屋敷の間の狭い通りから、ふいに人影が飛び出した。

キラッ、と月光に刃物がひかった。匕首でも握っているようだ。迅い。夜走獣のような敏捷な動きだ。

さっき広小路で別れた男のひとりである。

「てめえだな、与市というのは！」

政次が叫びざま、大きく後ろへ跳んだ。

「こんなことじゃァねえかと、引き返して来たのよ」

言いながら、与市は政次に詰め寄った。

ふいに、政次が反転して、駆け出した。すぐ前が大川である。

「待ちゃァがれ」

与市が追う。

政次は一気に川端まで走り、川面に身を躍らせた。

月光を映した川面に水飛沫があがり、数間先の川面に政次の頭が浮かび上がった。政次は早い泳ぎでぐんぐんと川下へ下って行く。

与市と平六は川端に立って、去って行く政次の姿を見送っていたが、やがてあきらめたように歩き出した。

ふたりは大川端を、日本橋の方へむかっていたが、一町ほど歩いたとき、ふいに与市の姿が消えた。

武家屋敷の間の狭い露地へひとりだけまがったのである。

……危《あぶ》ねえな。

と、佐吉は思った。

尾行に気付かれたとは思わなかったが、与市が背後を警戒して様子を見るために姿を消したと見なければならない。

深追いは危険だ、と佐吉の勘がささやいていた。平六はともかく、与市は素人ではなかった。匕首を遣う殺し屋であろう。

佐吉は板塀の陰の濃い闇のなかで、きびすを返した。足なら誰にも負けない自信が佐吉にはあった。まさに猫のようである。足音をたてずに、佐吉の小柄な体が疾走し、闇のなかに消えた。


翌日の午後、鳴海屋の二階の座敷に、六人の男が集まっていた。文蔵、宗二郎、佐吉、臼井、伊平、孫八である。

佐吉から話を聞いた文蔵が、まわり役の者たちを走らせて呼び集めたのである。

「佐吉さんが、夜鴉の一味と思われるやつらの溜り場をつかんできてくれましてね。すまないが、佐吉さん、もう一度話しちゃァもらえませんか」

煙管に莨《たばこ》をつめながら、文蔵が佐吉の方へ顔をむけた。

へい、と応えて、佐吉が昨夜の一部始終をかいつまんで話した。

「その牢人、鼻の高い顎の尖った男と言ったな」

まず、臼井が身を乗り出して訊いた。

「へい、総髪で後ろで束ねてやした」

「まちがいない、そやつ、大島兵部だ」

「貉横丁の明石屋に馴染みの女がいると見やしたが……」

佐吉が言った。

「うむ……。もうひとりの匕首を遣う男も、おれを襲った男にまちがいない。そやつ与市というのか」

臼井は顔を赭黒《あかぐろ》く染めて、怒りの表情を浮かべた。ふたりに襲われ、傷を負ったときの悔しさがこみ上げてきたのであろう。

「はい、わたしも佐吉さんから名を聞いて、思い当たりましたよ」

佐吉に代わって文蔵が答えた。

前に座した男たちの目が、文蔵に集中する。

「疾風の与市と呼ばれる男でしてな。島蔵親分の賭場へ出入りしてる遊び人ですよ。すばしっこい男で、匕首を握らせたら、刀を持った相手でもひけはとらない腕だそうでして。……金をもらえば人殺しもする、という噂がありましたな」

そう言うと、文蔵は莨盆《たばこぼん》の火種に煙管を突っ込んだ。

「おれも聞いたことがあるぜ。……銀次さんを襲ったのも、そのふたりにちげえねえ」

伊平が口をはさんだ。

「となると、夜鴉の一味には、大島兵部、疾風の与市、それに、まだはっきりしませんが、塚本浅次郎という清厳流を遣う牢人、この三人がくわわっていることになりますな。おそらく、三人は、押し込みのためではなく、人殺しのために味方に引き入れたのでしょう。……鳴海屋の始末人たちを、ひとりひとり殺すためですよ」

文蔵が怒りを押し殺したような低い声で言った。手にした煙管がとまったままである。雁首からやわらかな白煙が立ち上り、その向こうで、文蔵の双眸が刺すようなひかりを放っていた。

「向こうがその気なら、こっちもやるまでですァ」

伊平が苛立った声で言った。

「佐吉、若松の政次が後を尾けてたといったな。しかも、平六という男と与市の名を知っていたと」

黙って話を聞いていた宗二郎が訊いた。

「へい、まちがいありやせん」

「となると、政次も夜鴉の一味と何かかかわりがあることになるな」

「ですが、仲間じゃァありませんぜ。与市が殺そうとしましたから」

「うむ……」

宗二郎は利之助とおさよから、父親の政次が夜になると家を抜け出すという話を聞いていたが、あるいは、夜鴉の一味のことを探っていたのではないかという気がした。

「それに、政次が、平六という男を叱りつけているような口振りに聞こえやしたが……」

と、佐吉が言った。

「文蔵どの」

宗二郎は、また文蔵の方へ顔をむけ、

「政次と平六という男のことは知らぬか」

と、あらためて訊いた。

「知りませんなァ……。ただ、ちょっと気になることはあるんですが、わたしの思い過ごしかも知れませんのでね」

文蔵はそう言うと、口を噤んで、しばらく己の吐き出す莨の煙に目をやっていたが、

「まず、大島兵部と与市の始末をつけましょうか」

と言って、一同に鋭い視線をむけた。

第四章　浮舟《うきふね》の剣

1

とぎ屋の孫八は、大川端の柳の樹陰に腰を落としていた。場所は両国広小路の隅で、斜前《はすまえ》に貉横丁の露地の出入り口が見える。

すでに日は沈み、広場はどんよりとした暮色につつまれていた。水茶屋、見世物小屋などには明りがあって、まだ人声が賑やかに聞こえていたが、広場は家路に向かう人々が多く、背を丸めてせわしそうに歩いている。

孫八は、一刻《いっとき》（二時間）ほど前からその場で、貉横丁から出てくるはずの大島兵部を待っていた。

佐吉が明石屋で、大島たちを目にしてから六日経っていた。この間、佐吉と孫八が交替で明石屋を見張っていたが、あらわれたのは大島だけだった。

大島は連日明石屋に姿をあらわした。それも、流連《いつづけ》することが多く、昨夜も夕刻あらわれ、そのまま二階の座敷へ泊まったらしい。

「孫八さん、出てくるとすれば、日が沈んでからですぜ。いまごろは、女の股ぐらに足をつっこんで眠りこけてるにちげえねえ」

七ツ（午後四時）ごろ、それまで見張っていた佐吉が、交替にあらわれた孫八に苦笑いを浮かべながらそう言い残して帰っていった。

その後、孫八は大川端をぶらぶら歩いたり、柳の樹陰にかがみこんだりして、大島が姿をあらわすのを待っていたのである。

「襲ってくるのを待っていたら、命がいくつあっても足りませんよ。まず、居所の知れた大島と疾風の与市を始末しましょう。そのために、ふたりの後を尾け、仕掛けられそうな機会をつかんでください」

文蔵が佐吉と孫八にそう頼み、ふたりは協力して大島と与市を尾けていたのだ。

……今夜も、流連る気かい。

日が沈んで半刻ほど経ったが、まだ、大島は姿を見せなかった。

あたりはとっぷり暮れ、仄かな月光が広場を照らしていたが、見世物小屋や葦簀《よしず》を張った水茶屋の陰などには濃い闇が忍んできていた。

そのとき、総髪の武士が露地に姿をあらわした。

……来たぜ！

薄闇のなかを飄然《ひょうぜん》と歩いてくる牢人ふうの男は、まちがいなく大島だった。槍を手にしていた。用心のために持ち歩いているのであろう。

孫八は樹陰にかがみこんだまま、大島をやり過ごし、十間ほどの間をとって後を尾けはじめた。むずかしい尾行ではなかった。広場には、すぐ後ろを歩いていても不審を抱かせないほどの人通りがあったし、手にした大島の槍が目印にもなった。

大島は両国橋の西詰めから柳橋を渡り、神田川沿いの道を湯島方面へ向かって歩き、草御門の前を過ぎたところで、右手の細い通りに入った。

そこは平右衛門《へいえもん》町で、通りの両側には小体《こてい》な店《たな》が軒を連ねていた。しばらく歩くと、大島はちいさな稲荷のある露地を入っていった。

入口の木戸に、張り紙がしてある。見ると、伝次郎《でんじろう》長屋と記してあった。

……ここが、住処《すみか》のようだな。

孫八は、かまわずに木戸をくぐって長屋の露地へ入っていった。住人に咎《とが》められたら、研ぎ物の御用聞きに来たとでも言えば、何とか繕《つくろ》えるはずである。

大島は四棟ある長屋の右端の棟に向かい、一番奥の部屋の腰高障子を開けて、中に入っていった。

孫八は、芥溜《ごみため》の陰に身を隠して、様子をうかがった。

すぐに明りが点り、かすかな物音がしたが、やがて静かになり灯《ひ》が消えた。

……今夜は、ここまでのようだ。

そう思って、孫八は芥溜の陰から離れた。

翌日、孫八は佐吉に、大島が平右衛門町の長屋に帰ったことを伝え、

「あっしが長屋へ行って、大島の様子を探ってみるよ」

そう言って、伝次郎長屋にまた足を運んで来た。

日頃、孫八はとぎ屋として長屋をまわることが多く、商売柄不審を抱かせることなく話を聞くことができたので、聞き込みを買って出たのである。

孫八は、小桶《ひる》や砥石《といし》の入った道具箱を担ぎ、長屋の入口の木戸をくぐると、井戸端へ足を運んだ。まだ午までには間があり、長屋の女房連中が洗濯やら洗い物やらをしているはずである。

思ったとおり、井戸端にかがみこんで、ふたりの女が洗濯をしていた。ひとりは横額《よこびたい》に膏《こう》薬《やく》を張った大年増《おおどしま》で、もうひとりは若女房といった感じの女だった。

「内儀《おかみ》さん、精が出るねえ」

孫八は愛想笑いを浮かべながら、ふたりに近付いた。

膏薬を張った大年増が盥《たらい》につっこんだ手をとめ、うさん臭そうな顔をして孫八を見上げ

た。

「とぎ屋の孫八って者《もん》だが、御用はないかね。包丁《ほうちょう》、鋏《はさみ》、小刀、なんでも研ぐぜ」

そこまで言うと、孫八は、急に年増女の方に身を寄せ、道具箱の中を見せながら、なんなら、亭主のへのこ（陰茎）も研ぎあげてやりますぜ、と小声で言った。

大年増はゲラゲラ笑い出し、横にいた若い女は、やだア、この人、と言って、顔を真っ赤にした。

この冗談で、ふたりの女の警戒心は解けた。

「せっかくだけどね、この長屋にとぎ屋さんに頼むような刃物を持ってる者なんか、いやしないよ」

と、大年増が立ち上がって腰を伸ばしながら言った。

「そんなことはねえだろう。この長屋にやア、槍を持ったお侍さまがいると聞いて足を運んで来たんだぜ」

「ああ、大島さまのことかい。……でもねえ」

大年増は顔をゆがめて、傍らの若い女の方へ目をやった。ふたりは、視線を合わせると、そろって首を横に振った。

「だめかい」

「いま、いないよ。半時（一時間）ほど前に出ていったきりだよ」

「仕事かい」

「そんなんじゃないよ。角《かど》の亀膳《かめぜん》さ」

孫八がそれとなく訊くと、亀膳というのは神田川縁にある一膳めし屋で、日中はそこで飯を食ったり、酒を飲んだりしていることが多いという。

「ほう、ご牢人だと聞いてたが、金まわりはいいようだな」

「……なにをやってるんだか。とにかく、まっとうな仕事じゃァないよ。長屋の者もね、あの人には、近付かないようにしてるんだから」

大年増は、苦々しい顔で言った。

そのとき、洗いかけの着物を手にして立ち上がった若い女が、

「そういえば、何度か口入れ屋さんが来てたようだけど、仕事でも探しているのかしら」

と、思い出したように言った。

「口入れ屋だと」

「はい」

「名は」

「さァ、大島さまが、口入れ屋と言っていたのを耳にしただけだから……」

分からない、というふうに若い女は首をひねった。

「そうかい。……また、来るから、研ぎ物があったら声をかけてくんな」

そう言い置くと、孫八は長屋を出ていった。

孫八は、長屋を出た足で亀膳に行って見た。長屋で聞いたとおり神田川沿いにあり、町屋が軒を連ねていたが、亀膳に行く途中に雑草におおわれた空地があった。

……長屋からこの店に来る途中、かならずここを通るはずだ。

孫八は、大島を襲うにはいい場所だと思った。

そこは路傍に廃舟を積んだだけの寂しい場所で、夕暮れどきになると、人通りもほとんどなくなる。

孫八は通りから縄暖簾の中を覗き、大島らしい牢人が空樽《あきだる》に腰を落として飯を食っているのを確認してその場を離れた。

2

神田川の川面を猪牙舟がすべるように遠ざかって行く。

舟は近くの桟橋《さんばし》で吉原にでもくり出すらしい三人の男を乗せ、大川に向かって出ていったのだ。

その男たちの笑い声が消え、夕闇のなかに舟影が溶け込むと、汀《みぎわ》に寄せるさざ波の音がかすかに聞こえるだけで辺りは急に静かになった。

路傍の廃舟の陰に三人の男が身をひそめていた。宗二郎、臼井、孫八である。大島を尾けていた孫八から、亀膳に入った、という報《し》らせを一刻《いっとき》（二時間）ほど前に受け、宗二郎と臼井が駆けつけたのだ。

「まだ、大島は亀膳にいるのだな」

宗二郎が念を押すように孫八に訊いた。

「へい、さきほど店を覗いてきやしたので」

孫八は臼井にも聞こえる声で言った。

「両国の明石屋には、行かんのか」

「このところ、明石屋の方は三日に一度ほどで……。あるいは、あっしらが嗅ぎまわっているのを勘付いて用心してるのかも知れませんや。このところ、与市や伊佐次もまったく顔を出さねえんで」

「そうか」

宗二郎も佐吉から、明石屋に与市と伊佐次があらわれないという話は聞いていた。

「ところで、蓮見どの」

臼井があらたまった声で言った。

「なんです」

「大島は、ひとりでやらせてもらいたい。こいつの恨みがあるのでな」

臼井は左の袖をめくって、肩口を見せた。

すでに、傷は癒えていたが、焼き爛《ただ》れたような傷痕があった。大島の槍を受けた傷である。

「討てるか」

宗二郎は臼井に助勢するつもりで来たのだが、すでに、ここに来るまでに臼井からひとりで戦いたいという話を聞いていた。

「分からぬが、やってみたい。岩燕なる槍術、おれなりに破る工夫もしてみたのでな」

臼井は真剣な顔で言った。始末人として剣を揮うことが多かったが、大島との闘いには剣客としての意地があるのであろう。

「だが、おれはおれで、大島なる男の槍と立ち合ってみたい。いまが勝機と見れば、おぬしの勝負にかかわりなく、斬り込むぞ」

宗二郎は臼井を大島に討たせたくなかった。臼井が危ういと見れば、勝負に割ってはいるつもりでいた。

「勝手にしろ」

臼井も宗二郎の気持ちを感じとったようだ。

「旦那、来やしたぜ」

孫八が小声で言った。

見ると、槍を持った牢人ふうの男が、悠然とこっちに向かって歩いて来る。すでに辺りは夜闇がつつんでいたが、月明かりで男の姿が黒く浮き上がったように見えていた。総髪を後ろで束ね、槍を持ち二刀を帯びている。柿色の小袖と黒袴が痩身に絡まるように揺れ、地を擦るような足音がひびいた。

すばやく、臼井と宗二郎が袴の股だちを取った。

大島はひそんでいる三人には、まったく気付いていないらしく、警戒する素振りも見せず近付いて来た。

行く手に、臼井が進み出た。宗二郎は、少し離れて大島の左手にまわりこむ。

「こ、これは、臼井勘平衛どの。……もうひとりの御仁は、蓮見どのかな」

大島は穏やかな声で言ったが、顔はこわばっていた。宗二郎の腕のほども知っているのであろう。ふたりが相手では勝てぬと判断したにちがいない。

「さよう、大島どの、しばらくでござるな」

臼井が鋭い目で大島を見つめながら言った。

「ふたりして、かからねば、おれを討てぬと思ったか」

そう言いながら、大島は槍の鞘をはずして脇へ放った。そして、すばやく後じさり、積んである廃舟を背にした。背後からの宗二郎の斬撃をさけようとしたのである。

「いや、過日、おぬしから立ち合いを所望されたのは、おれだ。まだ、あのときの決着がついてはおらぬゆえ、こうして待っていた次第」

臼井は柄に手を伸ばし、腰を沈めた。

「立ち合いだと、ならば、蓮見どのは」

大島は宗二郎の方に顔をむけた。

「検分役にござる」

そう言って、宗二郎は一歩下がった。

「おもしろい。されば、あのときの決着をつけようぞ」

大島の口元に薄い嗤いが浮いた。ひとりずつなら、勝てると踏んだのかもしれない。

「いざ、まいる！」

臼井が抜刀して、青眼に構えた。

「オオッ！」

と応じて、大島が腰を落とし、槍を構えた。

間合は、三間の余。まだ、遠間《とおま》だったが、臼井の腹につけられた槍の穂先には揺れがなく、その痩身が穂先の向こうに遠ざかったように見えた。

穂先の威圧だけで、間を遠く感じさせているのだ。

「有馬一刀流、波月、まいるぞ」

臼井は、青眼から切っ先を落とし、相手の爪先につける下段に構えた。

通常、波月は車（脇構え）にとり、刀身を薙ぐように胴を払うのだが、車からの払いでは大島の刺撃に一瞬遅れると判断したのである。

しかも、この下段の構えは大島の岩燕と同様、敵の爪先へつける構えとなる。これが、臼井のひとつの工夫だった。

一瞬、大島は怪訝な顔をしたが、腰を沈めて穂先を臼井の爪先あたりにつけた。

玄武流、岩燕の構えである。

切っ先と穂先が、たがいに敵の爪先につき、両者の動きが礑《はた》ととまった。

激しい気の攻防がつづいたが、先に動いたのは臼井だった。あるいは、左手にいる宗二郎の存在が無言の威圧となったのかもしれない。

大島は気魄《きはく》で攻めながら、刺撃の間境《まざかい》から足裏を擦るようにして、ジリジリと間をつめはじめた。

大島の槍の穂先に激しい刺撃の気がこもり、全身に気勢がみなぎった。

来る！

と、感知した臼井は、刀身を返して斬り上げる体勢をとった。

トオッ！

鋭い甲声《かんごえ》と同時に、大島の槍が突き出された。

だが、この刺撃は敵の攻撃の誘いであり、岩燕はここから穂先を敵の顔面すれすれに撥ね上げ敵が怯んだ隙《すき》をついて急旋回させ、突いてくるのだ。

撥ね上げた槍の穂先が臼井の顔面を斜めにかすめ、臼井の目に飛翔する鳥影のように映った。

が、臼井は身を引かなかった。

目を見開いたまま、この穂先の動きを見切った。これが、臼井のふたつ目の工夫だった。大島の初《しよ》突きは敵を怯ませるためのもので、真の刺撃は二の突きにあると読んだからである。

大島の槍の穂先が旋回し二の突きがくるのと、臼井が下段から踏み込みざま逆袈裟《ぎやくげさ》に斬りあげるのとがほとんど同時だった。

ヤアッ!

トオッ!

鋭い気合が、ほぼ同時に夜陰を裂いた。

ふたりの体が躍動し、臼井が大島の胴を斬り上げ、大島の刺撃が臼井の左肩口に伸びる。

臼井の切っ先が大島の胴を薄く裂き、大島の穂先は肩口をかすめただけで虚空を突いた。

ふたりは一合してすれちがい、ふたたび対峙して刀と槍を構え合った。

大島の顔に驚愕と怒りの色が浮いた。

腹部の着物が裂け、肌に血の線が疾《はし》っている。臓腑に達するような深手ではないが、臼井の切っ先が肉を抉ったようだ。

「岩燕、見切ったぞ！」

臼井が声をあげた。

「お、おのれ！」

大島の顔が憤怒にどす黒く染まった。臼井の爪先へつけられた穂先がかすかに震えている。気の昂《たか》ぶりが、手を震わせているのだ。

トオッ！

甲高い気合をかけ、大島が初突きをくりだした。さっきより深い突きである。

だが、臼井はわずかに上体を背後に引いただけで、この穂先をかわした。

大島の穂先が撥ね上がり、急旋回して、臼井の左肩口へ二の突きがくる。

ヤアッ！

刹那《せつな》、臼井の体が躍り、大島の懐に飛び込んだ。間髪をいれず、臼井の逆袈裟《ぎゃくげさ》の太刀と大島の肩口への刺撃がくり出される。

だが、今度は臼井の切っ先が大島の腹を深く抉り、大島の穂先は虚空に流れていた。

グワッ！　という呻き声をあげて、大島が片膝をついた。

「ま、まだだ！」

大島は憤怒の形相で臼井を睨みあげ、ギリギリと切歯して、右手で槍をかかえて立ち上がろうとした。

すばやく臼井が脇から踏み込み、横一文字に刀を一閃させた。鈍い骨音がひびき、ゴロリ、と大島の首が地面にころがった。

臼井の一刀が、大島の首を刎ねたのだ。大島は首根から激しく血を噴出させながら、前に倒れて動きをとめた。夕闇のなかで、首根から迸《ほとばし》りでる血の噴出音が妙に生々しく聞こえた。

「みごと！」

宗二郎が臼井のそばに駆け寄った。

廃舟の陰に身をひそませていた孫八も、ほっとした表情で出てきた。

「なんとか、始末がついた」

頤《おとがい》のあたりの返り血を手の甲でゴシゴシとこすりながら、臼井は大島の死骸《むくろ》に目を落とした。

「だが、このままにもしておけぬな」

宗二郎が言った。大島が鳴海屋の者に始末されたことは、しばらく伏せておいた方がいい。知れれば、警戒して伊佐次も与市も姿を見せなくなるだろう。

「あっしが、始末してきますぜ」

孫八が、舟に乗せて大川の下流へ運び、江戸湾に沈めてくるという。

ちかくの桟橋の舟に三人で大島の死骸を運び、孫八が漕ぎ出した。その舟影を見送ったあと、臼井が宗二郎を見ながら言った。

「もうひとり、遣い手がおるな」

「ああ、あやつはおれが始末する」

宗二郎は、清厳流を遣う塚本浅次郎を始末するのは自分だと心に決めていた。

3

「旦那、それじゃァ、あっしは伝通院の方へ足を伸ばしてみますぜ」

そう言うと、佐吉は足早に山門をくぐっていった。

宗二郎と佐吉は、小石川に来ていた。塚本浅次郎の身辺を洗うつもりだった。浅次郎の所在は、伊佐次を捕らえて口を割らせた方が早いとも思ったが、宗二郎は浅次郎の身辺にただよっていた霊気のようなものが気になってならなかった。

妖術や幻術ではない。あの霊気は、浅次郎が敵と対峙したとき、無意識裡にその体から発散するものではないかと思った。

塚本は暗い陰鬱な風貌のなかに死骸《むくろ》のような寂静を宿していた。それでいて、鋭い殺気を放つ。腹の底を凍らせるような殺気である。あの寂静と殺気が霊気のような感じを生むのではないかと宗二郎は思ったのだ。

……その霊気も、不気味な殺気も、剣の修行から生まれたものではあるまい。

宗二郎は、浅次郎の特異な生立《おいたち》にあるのではないかと思った。そのために、浅次郎が何処でどんな暮らしをしてきたのか知りたかったのである。

宗二郎はひとりで来るつもりだったが、佐吉が相手の身辺を探るのは、ヒキの仕事だといってついてきたのだ。


小石川といっても、浅次郎の住居地が分かっていたわけではない。それに、小石川は小身の旗本や御家人の住む地が多く、町人地はほとんどない。武家屋敷の密集した地で聞きまわるわけにもいかず、塚本が道場をひらきたいと言っていたのを頼りに、まず、小石川にある剣術道場をふたりで手分けして当たることにした。

ふたりは小石川同心《どうしん》町にある徳明寺《とくみょうじ》という古刹《こさつ》を起点にし、七ツ（午後四時）ごろに再会することを約して東西に別れた。

小石川にある剣術道場で、宗二郎が知っているのは三つ、伝通院ちかくにある神道無《しんとうむ》念《ねん》流の牧田《まきた》道場、水道町にある心形刀流《しんぎょうとう》の北山《きたやま》道場、それに松平大学頭《まつだいらだいがくのかみ》の屋敷の近くにある直《じき》心影流《しんかげ》の尚武館《しょうぶかん》である。いずれも、武家の屋敷地の一角に道場を建てたもので、近隣の旗本や御家人の子弟が通う小さな道場だった。

そのうち、牧田道場と北山道場は佐吉があたり、宗二郎が尚武館で聞き込む手筈になっていた。

それから、小半刻《こはんとき》（三十分）ほど後、宗二郎は尚武館の玄関に立っていた。道場主は木村《きむら》太四郎《たしろう》。三、四十人の門弟をかかえた古い道場であることは前から知っていた。

宗二郎の声に、玄関先にあらわれた若侍は顔をこわばらせて来訪の理由を質した。どうやら、道場破りとでも思ったらしい。

「拙者、立ち合いを所望しているのではござらぬ。ちと、尋ねたき儀があってまいった次第。木村太四郎先生がご在宅であられれば、お会いしたいのでござるが」

宗二郎はまだ、二十歳前の若者に訊いても分かるまいと思い、道場主の木村に直接会うことにした。

宗二郎はすぐに道場に通された。すでに、稽古は終わったらしく道場内は森閑とし、武者窓のちかくに木村が端座していた。そこは、ひんやりとして涼しかった。道場のまわりの緑陰から、心地よい風が流れこんでいる。

「さァ、そこへ、お座りくだされ。蓮見剛右衛門どののご子息だそうじゃな」

初老の木村は、相好をくずして宗二郎を迎えた。どうやら、父、剛右衛門のことを知っているらしい。

初対面の挨拶を終え、それとなく訊くと、木村は、若いころ何度か剛右衛門と竹刀を合わせたことがある、と懐かしそうな顔で答えた。

「さっそくでござるが、清厳流を遣う塚本弁之助なるご仁をご存じであられましょうか」

宗二郎が訊いた。

「さて、清厳流を名乗る者が神田で道場を開いたと聞いた覚えがあるが、ずいぶん昔のことじゃな」

弁之助なる者は知らぬ、と木村は答えた。

宗二郎は落胆した。これでは訪ねて来た甲斐がない。木村は塚本について、剛右衛門よりも知らないようなのだ。

しばらく、剛右衛門の近況や蓮見道場のことなどを話した後、宗二郎は腰をあげようとすると、

「蓮見どの、まことに曖昧じゃが、久保町《くぼ》にな、金杉《かなすぎ》道場という一刀流を指南する道場がある。そこに、清厳流を遣う者が代稽古に通っていたという話を聞いた覚えがあるが、行ってみたらどうじゃな」

と、木村が言った。

そこかも知れない、と宗二郎は思った。清厳流は一刀流を学んだ塚本がひらいた流派である。一刀流とも、それほどの差異はないはずである。

宗二郎は木村に礼を言って、尚武館を出た。

久保町は伝通院のちかくだった。ここなら、佐吉と一緒に来てもよかったと思いながら、

通りがかりの職人らしい男に聞くと、金杉道場のことを知っていた。

「道場といっても、近所のお武家さまが、何人か通っているだけでございましてな。金杉茂《も》三郎《さぶろう》さまの屋敷の庭で、稽古なさっておりますので……」

人の良さそうな男は、こまごまと道順まで教えてくれた。

なるほど、行って見ると、そこには道場らしき建物はなく、百石級と思われる木戸門を構えた武家屋敷があるだけである。

宗二郎は表門から入り、玄関先に立って訪《おとな》いを請うた。

玄関先に出てきた老齢の男が、金杉茂三郎だと名乗った。白髪でやや腰もまがっていたが、その挙措には長年の剣の修行で鍛え上げた落ち着きと威風があった。

宗二郎は、蓮見道場の者だが、塚本弁之助どののことでお聞きしたいことがある、と来意を告げると、金杉は庭に面した座敷に招じ入れてくれた。

「さて、どのようなことかのう」

対座すると、金杉の方から訊いてきた。

「はい、わが剣の工夫のため、清巌流の浮舟の剣と称する刀法を知りたいと存念いたし、塚本どのを訪ねたところ、当道場に通われていたと耳にいたしました。……突然の来訪はご無礼とは存じましたが、こうして、お訪ねした次第でございます」

「さようか。……ただな、塚本がここに通っていたのは二年ほどの間で、十七、八年も前のことじゃぞ」

そう言って、金杉は昔のことを思い浮かべるように目を細めた。

「こちらも、おやめになったのでございますか」

「そうじゃ、体をこわしてな。……しばらく患った後、亡くなったと聞いたが」

「………」

父親の弁之助は、亡くなっているのではないかとの思いはあったので、宗二郎は驚かなかった。知りたいのは、倅の浅次郎の方なのである。

「たしか、浅次郎どのと称するご子息がおられたように聞いておりますが」

宗二郎は浅次郎のことを訊いた。

「浅次郎も父親といっしょに、ここに通ってはいたが、どうなったかは知らぬな。その後の話は耳にしておらぬ」

「浅次郎どのの、剣の腕は」

「できた。まだ、十四、五の若者だったが、父親とやっても三本に一本は打ち込むほどであったな」

「なかなかの遣い手でございますな」

宗二郎は、やはりあの牢人は浅次郎にちがいないと思い、兵法歌のことを訊いてみた。

「ところで、敵は舟、われは水なり、との教えをご存じでございますか」

「おお、知っておるぞ。塚本父子《おやこ》がよく口にしておった。清巌流の兵法歌じゃが、わが流の水月の教えと同じじゃよ。明鏡止水、つまり、無心にて敵に臨めば、水面に映る月のごとく敵の心の動きを読むことができる、との教えじゃ」

「なるほど……」

父、剛右衛門も同じことを言っていた。

無我の境地で敵に臨め、との教えは、多くの武芸の流派に共通することで、とくに目新しいものではない。牢人が口にしていた兵法歌にも、特別な極意が秘められているようなこともなさそうだった。

「塚本どののお住居《すまい》はご存じでございましょうか」

宗二郎は浅次郎の行方を知りたかった。

「さて、当時は、戸崎《とざき》町の源兵衛《げんべえ》長屋に住んでいると聞いていたが、その後のことは知らぬな」

戸崎町というのは伝通院の裏手で、それ程の距離ではなかった。

宗二郎は、それから清巌流や渋沢念流のことなどを話して、金杉の許を辞去した。

表門から出て、伝通院の方へ歩きかけると、前方から足早に歩いてくる男の姿が目に入った。佐吉である。

「旦那、どうしてここへ」

佐吉は驚いたような顔をして立ち止まった。

「おまえこそ、どうしてここへ」

簡単に事情を話した後、宗二郎が訊いた。

「牧田道場の米屋で、塚本が金杉道場に出入りしてたと聞き込んだんでさァ」

佐吉は手ぬぐいで、額の汗をぬぐいながら言った。

「それは、ちょうどよかった。これから、ふたりで戸崎町へ行こうではないか」

そう言って、宗二郎が歩きだすと、佐吉が後をついてきた。

源兵衛長屋は、すぐに分かった。小体な裏店のつづく露地の奥にあった。じめじめした日陰に朽ちかけた棟割り長屋が二棟あり、トントンと木槌《きづち》でも使っているらしい物音がした。指物師《さしものし》か細工師《さいくし》か、居職《いじょく》の職人が何か作っているのであろう。

「なんとも、ひどい貧乏長屋で……」

佐吉が呆れたような声で言った。

板庇《いたびさし》は所々剝がれ、どの部屋も腰高障子が破れている。澱んだような大気のなかに芥溜《ごみため》や泥溝《どぶ》から放つ異臭がただよっていた。

4

「ごめんなすって」

佐吉が木槌の音のする戸口を覗きこんで声をかけた。

いっとき待つと、頰がこけ目の落ちくぼんだ初老の男が姿を見せた。細紐で粗末《そまつ》な着物に襷《たすき》を掛け、手に団扇《うちわ》の骨を持っている。さっきまで聞こえていたのは、細く割った竹を叩いて平らにするための木槌の音らしい。

「何の、ご用で……」

男は怯えたような目で、宗二郎を見上げた。

「むかし、金杉道場で塚本浅次郎どのとともに稽古に励んだ者だが、久し振りに小石川に来て、浅次郎どのが暮らしに困っているという話を耳にはさんだものでな。何か、拙者にできることがあればと、足をむけたのだが」

宗二郎は嘘を言った。こう言えば、同じ長屋の住人なら、父親の死んだ後の暮らしぶりについて話してくれるだろうと思ったのだ。

「……浅次郎さまは、ここ三、四年、姿を見かけねえなァ。……長屋の者も、気味悪がって、あまり近付かねえだよ」

「すると、浅次郎どのは、まだこの長屋に住んでおるのか」

宗二郎は意外だった。金杉の話振りから、とうの昔に浅次郎も長屋を出たものと思いこんでいたのだ。

「まァ、住んでいることにはなってるが、帰《けぇ》ってこねえからな。……大家も困ってるようだが、荒れ部屋で後に入《へぇ》る者もねえので、そのままになってるよ」

男は眉根を寄せ、困惑とも哀れみともとれる表情を浮かべた。

「父親の弁之助どのは、亡くなられたと聞いたが、母御は」

宗二郎は母親がいっしょに住んでいたのではないかと思った。

「それがな……。なんとも」

男は顔を歪めて言いよどんだ。

「拙者も、浅次郎どののことは気になっていてな。微力ながら、何か手助けできればと存念しておるのだ……。何とか、浅次郎どののその後の様子を話してはもらえぬか」

宗二郎がそう頼むと、

「旦那、ここだけの話にしてくだせえよ」

と、前置きして低い声で話しだした。

父親の弁之助は、労咳《ろうがい》で一年ほど病み、この長屋で亡くなったという。その間、薬代や暮らしの金に困り、しかたなくおたきという母親が働きに出た。

「ご、ご新造さんは、茶屋へ雇われたと言ってやしたが、どうも、柳原あたりでね。内福《ないふく》そうなお武家を狙って、くわえこんでいたようなんで……」

男はチラッと宗二郎を見上げて、口元に卑猥《ひわい》な嗤いを浮かべた。

柳原通りは、夜鷹が多いので知られた場所である。おたきという母親は、金のために体を売っていたらしい。

「まァ、亭主が病いで寝込み、かかあや娘が金を稼ぐとなりゃァ、茣蓙《ござ》を抱えて柳原あたりに立つのが手取早《てっとりばえ》んだが、そっからがひでえ話なんで……」

男は額に縦皺を寄せて、泣き出しそうな顔をした。年のせいもあってか、感情の起伏が激しいようだ。

「ひどい話とは」

宗二郎が訊いた。

初老の男は、上目使いに宗二郎を見ながら一歩身を寄せ、大きい声じゃァ言えねえんだが、と前置きして、

「長屋の者の噂なんだがね。どうも、倅の浅次郎に斬り殺されたんじゃァねえかと言うんだよ」

と、急に声を落として言った。母親を殺した極悪人という思いがあるのであろうか、浅次郎と呼び捨てにしている。

「母親がか」

宗二郎が聞き返した。

「そうなんで……。旦那が亡くなった後、おたきさんは、夜になると出かけてたようでして

ね。暮らしに困ったこともあったろうが、男が欲しかったというやつもおりやして……。塚本さまが亡くなって一年ほど経ったころ、おたきさんは、浅次郎に茶屋に行くといって出かけたらしいんだが、因果なことに、その夜、てめえの倅に声をかけちまったらしいんですよ」

そこで、男は洟《はなみず》をすすりあげ、ギョロリと宗二郎と佐吉をひと睨みしてから続けた。

「逆上した浅次郎は、抜く手も見せずに、一太刀ってわけで」

興奮してきたのか、男の声が大きくなった。

どうも、芝居か講釈にでも出てきそうな話である。

「町方はどうした」

当然、おたき殺しについて調べたはずだ。母親を殺した浅次郎が、いまこの長屋にいるというのはおかしな話だ。

「おたきさんが、殺されたのを見てた者はいなかったようでして。町方の親分さんたちも、酒に酔った武士か、辻斬りにでも殺られたんだろうと、たいした調べはしなかったようです。なにしろ、夜鷹ですからな。……そんときは、だれも、倅の浅次郎を疑ってみた者はいやしなかったんで」

「そうだろうな」

「ところが、おたきさんが死んでから、浅次郎の様子が変わっちまった。……母親を失って悲しんでるんじゃァねえんだ。長屋の連中とも口をきかず、憑《つ》き物でもしたようにボオッとしてるんで。……何て言やァいいのか、まるで死人《しびと》のように薄気味悪いんで。そばを通るだけで、ゾッとしたもんです」

男は亀のように首をひっこめて、身を震わせた。

「ほう、死人のようにな」

宗二郎は興味を持った。長屋の者たちが感じたのは、あの牢人の身辺に漂っていた霊気ではないかと思ったのだ。

「へえ。……どうも、浅次郎の様子がおかしい。それに、夜になると、ふらりと出かけたま、三日も四日も帰らねえ。しかも、柳原の土手につっ立っている浅次郎を見た者がおりやしてね。……どうも、浅次郎が怪しいってことになったんで」

「それだけで、浅次郎が母親を殺したことにはなるまい」

「いや、それだけじゃァねえんで。浅次郎が夜出かけるようになってから、柳原の土手にときおり、辻斬りが出やして。……斬られたのは、みなお侍らしんだが、斬り口がおたきさんと似てたようでしてね。それで、辻斬りも、おたきさん殺しも、浅次郎の仕業じゃァねえかと噂がたったんだが、そのまんまで……」

「町方はどうした」

「その後、下富町《しもとみ》の伝吉《でんきち》親分がずいぶん調べたようなんだが、確かなことは分からずじまいで。なにしろ、ふらりと出たきり、一月も二月も長屋にもどらないことがありやしたのでね。ろくに話を聞くことも、できなかったんじゃァねえんですかね」

男はしかつめらしい顔をした。

「その斬り口は、どんなものだ」

宗二郎が訊いた。

「腹を一太刀に、下からすくい上げるように斬ったものだそうで」

「腹を下から……！」

あいつだ！　と、宗二郎は思った。入船町で襲ってきた牢人は、下段からすくい上げるように胴に斬りこんできた。浮舟の剣である。あの太刀に斬られたら、この男の言うような斬り口が生ずるはずだ。

……やはり、あの牢人は塚本浅次郎のようだ。

と、宗二郎は確信した。

それから、宗二郎は浅次郎の部屋がいま留守であることを訊いて戸口から離れた。

「旦那、どうしやす」

佐吉が訊いた。

「部屋を覗いてみる」

宗二郎は、浅次郎の身辺にただよっていた霊気のようなものを知る鍵が、部屋に残されているのではないかと思ったのだ。

団扇職人の言っていたとおり、ひどく荒れた部屋だった。戸口の腰高障子ははずれ、上がり框《がまち》には白く埃《ほこり》が積もっていた。行灯《あんどん》は破れ、空の米櫃《こめびつ》が転がっている。四畳半一間の座敷の隅に枕屏風《まくらびょうぶ》があり、その陰に煮しめたように汚れた掻巻《かいまき》がまるめてあった。

「ここ何年か、部屋にもどった様子はないな」

宗二郎は、上がり框や畳に積もった埃を指先に取りながら言った。さっきの男が言っていたように、三、四年ももどらないとなれば、ここことは別にねぐらがあると考えねばならない。

「旦那、見てくだせえ」

部屋の隅にいた佐吉が、宗二郎を呼んだ。

見ると佐吉の座っている前に、一尺四方ほどの古い木箱がある。手製の仏壇らしい。中に白木の位牌があったらしく、佐吉が手にしていた。

「これを見てみなせえ」

そう言って、宗二郎に手渡した。

僧侶を呼んでの葬儀や法要はしなかったとみえ、戒名はなく、塚本弁之助の俗名と命日と思われる明和四年四月十日が、記してあるだけである。ほぼ、十五年前である。塚本弁之助が神田から小石川に移り住み、二年ほど金杉道場に通い、その後一年ほど患って亡くなったとすれば聞き込んできた話とあう。

「旦那、後ろでさァ」

佐吉の声で、位牌の裏を見ると、さらにふたりの名が記してあった。

妻、おたき

嫡子、浅次郎

そして、明和五年四月二十日の日がふたりの脇に記してあった。

「こ、これは……」

「さっきの男は、おたきが殺されたのは、旦那の死んだほぼ一年後といってやしたから、その日に、おたきは殺されたんでしょうな」

佐吉が言った。

「だが、佐吉、浅次郎の脇にも同じ日付が記してあるぞ」

「浅次郎も同じ日に死んだということじゃァ、ねえんですかね」

「なに、浅次郎が死んだだと」

宗二郎の声が大きくなった。

「へい」

「それじゃァ、ここに位牌を置き供養したのはだれなんだ。ここに住んでいたのは、だれなんだ」

宗二郎が声を詰まらせて訊いた。

「それも、浅次郎でしょう」

めずらしく佐吉の目が、刺すような鋭いひかりを宿している。

「……そうか！」

浅次郎は、母親を己の手で殺した夜、弁之助とおたきの子としての自分も殺したのではないか。

宗二郎は、あの牢人が死人のような寂静のなかに霊気のようなものを漂わせていたわけが分かったような気がした。

……あやつ、生きている死屍《しかばね》なのだ。

それゆえ、恐怖がない。

浅次郎は恐怖を超越し己の心を死者のごとく平静に保つことで、敵の心の動きを読むことができるようになった。まさに、死者となることで、清巌流浮舟の剣の神髄を会得したのである。

いま、浅次郎は殺人剣を揮いながら三途の河原を亡者のようにさまよっているのではないだろうか……。

5

文蔵は提灯《ちょうちん》を持って、鳴海屋を出た。雨の心配はなさそうだったが、上空を薄雲がおおっていて外の闇は深かった。

秋冷を感じさせる細風《そよかぜ》のなかに、木の香があった。木場が近いこともあって、鳴海屋の周囲には掘割や貯木場が多いのだ。

文蔵は深川黒江町《くろえ》にある料理茶屋、清万《きよまん》に向かっていた。清万の主人、鶴蔵《つるぞう》が店の守りのことで頼みたいことがある、とまわり役の者を通して伝えてきたので、その話を聞くためである。

鳴海屋から黒江町の清万までは近い。富ケ岡八幡宮の一ノ鳥居《とりい》をくぐり、右に折れたところに清万はある。

すでに、四ツ（午後十時）ちかかったが、富ケ岡八幡宮の門前につづく参道には、ちらほらと人影があった。近くの繁華街で飲んだ酔客や、料理茶屋などからもどる黒羽織の芸者などである。

……尾けられている。

と、文蔵は思った。

一ノ鳥居をくぐり、しばらく歩いたとき、背後の足音にただの通行人でない気配を感じとったのだ。それとなく振り返ると、黒の半纏《はんてん》に股引、船頭か大工のような身装の男の姿が見えた。意外にちかい。手ぬぐいで、頰っかむりしているので、顔は見えないが、背の丸まったその姿から年配の男であることが知れた。

すこし前屈みで足音を消して歩いてくる姿には、夜闇のなかを歩く獣のような不気味さがあった。大工や船頭ではない。

……夜闇の中で生きてきた者のようだ。

と、文蔵は思った。

だが、背後の男に殺気はなかった。文蔵の命を狙って尾けているのでもなさそうだった。

文蔵は、右手の露地にまがった。清万への近道である。露地の両側は板塀になっていて、濃い闇溜《やみだ》まりのなかに、くっきりと文蔵の持つ提灯が浮き上がった。

文蔵はしばらく行って足をとめ、背後から近付いてくる男を待った。

文蔵から五間ほど間をとって、男は足をとめた。文蔵は振り返ったが、男の姿は見えなかった。提灯の光がとどかなかったのだ。濃い闇のなかに、男はうずくまっていた。頰っかぶりした手ぬぐいが、白く浮かび上がっているだけである。

「おれに何か用かな」

穏やかな声で、文蔵が訊いた。

「へい、ちょいと、鳴海屋文蔵さんのお耳に入れておきたいことがありやして」

低い声だった。

文蔵は聞き覚えがなかった。ただ、声から判断すると、老齢の男と思っていいようだ。

「名は」

「それは勘弁してくだせえ、名乗れるような者じゃァねえんで」

「そうかい。……おめえ、若松の船頭じゃァねえのかい」

文蔵は政次ではないかと思った。このところ、政次は若松から姿を消したままで、佐吉や小つる、それにまわり役の者が探していたが、行方が知れなかったのだ。

文蔵が質したことに、男は答えなかった。黙ったまま、闇のなかにつっ立っている。

「まァいい。……ところで、おれの耳に入れたいこととはなんだい」

文蔵が訊いた。

「へい、ちかごろ、深川界隈を騒がせている押し込みのことでして。……鳴海屋さんは、今川町で口入れ屋をやっている太田屋を知っておりやすか」

「太田屋は知っているが、とくに付き合いはないが」

そのとき、文蔵は、大島の長屋に口入れ屋が出入りしていたようだ、と話していた孫八のことを思い出した。

「太田屋の主人《あるじ》は熊造という男です。こいつを調べてみなせえ。だれが、押し込みの頭目か、分かりやすぜ」

　男は抑揚のないくぐもったような声で言った。

「ほう、太田屋の主人をな。……おめえ、どうして、そんなことを知ってるんだい」

　文蔵は、この男も夜鴉の吉蔵一味にかかわりのある者だろうと思った。

「それも、喋るわけにはいかねえ」

「そうかい。なら、訊くめえ。おめえの話はそれだけかい」

　文蔵が提灯を前にまわそうとすると、男は、もうひとつ、と小声で言った。

「なんだい」

「鳴海屋さんは、押し込み一味を、むかしここらを荒らした夜鴉の吉蔵一味とみてるんでしような」

「ちがうのかい」

「い、いいえ、あっしは何とも。……ただ、夜鴉の一味のような盗人は、押し込む前の下調べが大事じゃァねえかと思うんだが、どうでしょうな」

「そうだろうな」

　とくに、夜鴉の一味は押し入って店の者をたたきおこして、金蔵に案内させて奪うという強盗ではない。屋敷地への侵入場所や金のある蔵などを調べた上で侵入し、巧みに錠前をやぶって金だけを奪っている。

この男の言うように、侵入前の下調べは入念になされているはずであった。

「あっしが耳にはさんだことだと、押し込みに襲われた越後屋さん、津島屋さん、それに、佐賀町の野沢屋さん、どの店にも、太田屋が請人になった下働きの者がいたそうでして」

「ほう」

文蔵は一歩、闇のなかにつっ立っている男の方へ身を寄せた。

この男は、太田屋が派遣した下働きの者が店の様子を調べ、その後に夜盗が押し入ったと言っているのだ。話から推測して、賊の頭目は太田屋ということになりそうだ。

「それに、ついちかごろまで、本所の増田屋にも太田屋が世話した奉公人がいたようですぜ」

「増田屋に……」

蓮見宗二郎が、守りを依頼されている店である。夜盗が侵入するような気配はない、と宗二郎から聞いていた。

「店の様子を調べあげるには、短い間にできるものじゃァありやせん。手下を店にもぐりこませるだけでも、手間のかかることでして。そのかわり、この店は、と狙いをつけたら、そう簡単にあきらめやァしねえ。始末人がいれば、野沢屋さんのときと同じように、まず、始末人を何とかしてから、押し入りましょうな」

男はつぶやくような声で言った。

「おめえ、ちかいうちに増田屋に押し入るとみているのかい」

文蔵が念を押すように訊いた。

「へい、……お気をつけなすって」

闇のなかで、男の反転する気配があった。

「待ちな、おめえ、何だっておれに話す気になったんだ」

文蔵が引きとめるように声をかけたが、男の返事はなかった。

濃い闇のなかで、風が動き、男の去って行くかすかな足音が文蔵の耳に残っただけである。

6

半分ほど開いた障子から、心地よい初秋の風が流れこんできていた。おだやかな晴天である。掘割に沿って植えられた柳の深緑とその先の江戸湾が、障子の向こうに一幅の絵を見るように広がっていた。秋の陽射しに、海原が金砂をまいたように輝き、大型廻船の白い帆がゆったりと品川の方へ向かっていく。

鳴海屋の二階の座敷には、始末人やヒキたちが集まっていた。宗二郎たち始末人が四人、佐吉たちヒキが五人、文蔵の前にある長火鉢の先に座りこんでいた。隅の柱のそばには、銀次の顔もあった。右腕と太腿の傷は癒えたようである。いつもと同じように黙然として柱に背をあずけている。

お峰が淹《い》れた茶を一口すったあと、文蔵が、

「今川町の太田屋を知ってますな。口入れ屋で主人《あるじ》の名が熊造」

一同を見渡しながら口を切った。

へい、と返事する者と、無言でうなずく者がいたが、ほぼ全員が知っているようである。

「わたしは親しくないので、こまかいことは知らないのだが、どんな素性の男です」

と、文蔵が訊いた。

「あの男、十二、三年前、太田屋を買い取ったと聞いてますぜ。店に地まわりや遊び人が出入りしているようで、あまり評判はよくねえ」

そう前置きして、孫八が熊造のことを話しだした。

孫八は、太田屋の雇い人に何度か頼まれて小刀や長脇差などを研いだことがあり、熊造のことも耳にしたという。

太田屋は今川町に古くからある口入れ屋だったが、主人が博奕好きで潰れそうになったとき、熊造が店ごと買い取ったという。

熊造は日本橋で口入れ屋をやっていたとのことで、何人か古い使用人を連れてきて太田屋の商売を継続したらしい。

「ですが、熊造が今川町へ来る前に口入れ屋をやってたというのは、あやしいもんですぜ。当初は商売のやり方が分からず、前からいた雇い人に頼りっきりだったそうでしてね。……そのくせ、商売のやり方を覚えてくると、前からいた雇い人はそっくりやめさせ、てめえの連れてきた使用人と新たに気に入った男を雇い入れて、商売をするようになったとかで……」

孫八は苦々しい顔をして言った。熊造には、あまりいい印象はもっていないようだ。

「そうですか……」

文蔵は、あの男の言っていたことと符合すると思った。

夜鴉の吉蔵一味は、十五年ほど前、仲間のひとりが捕らえられたあと、ぷっつりと姿を消してしまった。

熊造がその一味の者だったとすれば、一、二年江戸を離れ、ほとぼりが冷めるのを待って、ふたたび深川にあらわれたのだ。そして、口入れ屋を装って潰れかけていた太田屋をそっくり買い取った。おそらく、その資金は盗んだ金であろう。

そして、仲間をつれて太田屋の主人《あるじ》におさまったのだが、当初は口入れ屋の商売方法が分からず、もとの雇い人を頼って商売をつづけていたにちがいない。ところが、商売のやり方が分かってくると、古い雇い人はやめさせ、自分の仲間だけで店をかためてしまったのだ。

……また、盗人をはじめる気になったからだ。

と、文蔵は思った。

そもそも熊造が盗んだ金を元手にして口入れ屋を始める気になったのは、さらに盗人稼業を大掛かりにやる気になったからにちがいない。口入れ屋ほど、盗人にとって都合のいい商売はないのだ。

口入れ屋は、大店や武家屋敷などに請人になって下男下女などを仲介する商売である。しかも、奉公は一年契約などが多い。目をつけた大店に自分の手下を送りこみ、店内の様子や金の在処《ありか》などを探らせ、契約が切れたらそのまま店をやめさせればいいのである。

「その熊造が、こんどの盗人一味の頭目らしい、と密告する者があったんですがね」

文蔵が言った。

「ほう、だれだ」

宗二郎が訊いた。

「それが、分かりませんでね。いずれ、はっきりするでしょうが……」

文蔵は口を濁した。まちがいなく、若松の政次だとは思ったが、まだ、その素性もつかんではいなかった。

「ともかく、太田屋を探ってみる必要があると思いましてね。こうして、みなさんに集まってもらったわけですよ」

文蔵が手にした茶碗を猫板の上に置き、煙管を手にした。

だ。


「元締、それはあっしが」

　黙って聞いていた銀次が、ボソリと言った。

　一同の視線が銀次に集まったが、視線を落としたまま、銀次は黙っている。始末人は依頼を受けてから動くのがきまりだった。こうした調査や探索は、ヒキやまわり役の仕事なのだ。

「あたしから、言うよ」

　小つるが、後を引き取った。

　寡黙な銀次とちがって、客商売でもまれている小つるは話がうまい。無口な銀次と口達者な小つるが夫婦で、うまくいっているのは、性格が正反対で相手の欠点を補い合っているからなのかもしれない。

「この人は、野沢屋のことで迷惑をかけちまったので、すこしでも役に立ちたいと思ってるのさ。あたしだって、この人といっしょに、太田屋を調べる気になってるんだから」

　と、小つるが顔を赤く染めながら言った。

「いや、じつは、銀次さんには、とくにあたしから頼みたい仕事がありましてね。そちらをお願いしたいと思っていたのですが」

　そう言って、文蔵が銀次の方に顔をむけると、

「分かったぜ」

と、言っただけで、銀次は口を噤んでしまった。

「太田屋さんの方は、孫八さんと小つるさんに頼みましょうかね。それに、まわり役の者にも、調べさせましょう」

そう文蔵が言うと、

「あっしは」

と、佐吉が訊いた。

「佐吉さんには、若松の政次をひきつづき調べてもらいたいんですよ。とくに、若松の船頭をはじめる前のことをね」

文蔵は、密告の主が政次らしいことは話さなかった。

佐吉が承知すると、文蔵は話を変えた。

「……じつは、もうひとつ、みなさんにお話しときたいことがございましてね。わたしに密告した男の話では、盗人一味は本所の増田屋を狙っているらしいと言うんですよ」

「おれのところか」

宗二郎が声を大きくした。

「はい、蓮見さまが依頼を受けた増田屋さんです。わたしも、ちかいうちに一味が増田屋さんに押し入るんじゃァないかとみてました。……槍を遣う大島は始末しましたが、まだ、塚本浅次郎と疾風の与市がいますからな。蓮見さまひとりにお任せするのも、気がひけましてね」

そう言って、一同に視線をまわした。

宗二郎は、その後塚本について探ったことを文蔵に伝えてあり、それぞれの耳にも入っているはずだった。

「おれに、助太刀させてくれ」

と、臼井が膝を乗り出しながら言うと、

「いや、与市はおれにやらせてくれ。そうでねえと、おれの顔がたたねえ」

と、銀次が顔をあげて言った。銀次にしてみれば、襲われたふたりのうち大島を臼井が討ったので、残るひとりを自分の手で討ちたいと思ったのだろう。

「はい、与市の始末は銀次さんにお願いしますよ。さきほど、銀次さんに頼みがあると言ったのは、そのことでして。……銀次さんも、このままじゃァ腹の虫がおさまるまいと思いましてね」

文蔵が目を細めて言った。どうやら、銀次の気持を察して、文蔵は与市の始末を銀次に頼むつもりだったようだ。

「ま、待て、助太刀はありがたいが、こっちがそのつもりで動くと、向こうは身をひそめてしまうぞ」

宗二郎が言った。

「ですが、むこうは何人かで、蓮見さまの命を狙ってきますよ」

文蔵が、コツコツと莨盆の角に煙管の雁首をたたいた。火の点いた莨が落ちたらしく、その手元から細い白煙が立ち上ぼった。

「いや、このさい、夜盗どもを一気につぶしてしまったらどうであろう。いい機会ではないか」

「どうするんです」

文蔵が宗二郎の方へ顔をむけた。そこに集まった者たちの視線も宗二郎に集まった。

「盗賊一味が、太田屋の主人や雇い人らしいと分かっているなら、やつらを見張っていれば、いつ増田屋に押し込むか見当がつこう。……その夜、おれを増田屋にいかせないために、塚本が襲ってくることも予想がつく。ならば、その夜増田屋に鳴海屋の総力を集めて、一気にけりをつけてしまったらどうだ。塚本さえいなければ、いかに盗人の腕がよかろうと、臼井どの、銀次、伊平の三人で迎え撃ったら、後れを取るようなことはないはずだ。……それに、うまくいけば、おれも加われる」

宗二郎は、文蔵の手元から立ち上ぼる細い白煙を見ながらいった。

その白煙が、ふいに乱れ、文蔵の胸のあたりで散った。文蔵が、ひとつ大きく息を吐いたのだ。

文蔵が宗二郎を見つめながら言った。

「それで、蓮見さま、塚本に勝てるんですかい」

「いや、いまのところ、むこうが上かも知れぬ」

宗二郎には、浮舟の剣を破る自信はなかった。このまま立ち合ったら、斬られるのはこっちだろう、という気がしていた。

「むざ、むざ、斬られるつもりですかい」

文蔵は怒ったような声で言った。

「いや、斬られはせぬ」

「どうなさるつもりで」

「とりあえず、逃げる」

宗二郎はそう言うと、口元を歪めるようにして笑った。

第五章　口入れ屋

1

縄暖簾をくぐって船頭らしい男がふたり、店の中に入ってきた。いらっしゃい、と声をかけて、おさきがふたりの方へ飛んでいく。

せわしそうな下駄の音がし、襷で両袖を絞ったおさきの背が見える。

ふたりの客は、おさきに案内されて飯台に腰を落とすと、酒と肴の田楽を頼んだ。そのやりとりが、間仕切りのために置いてある衝立《ついたて》の向こうから聞こえてきた。

宗二郎はゑびす屋のいつもの座敷で、柱に背をあずけたままひとりで飲んでいたが、いっこうに酒の方は進まない。

塚本浅次郎のことが気になっていた。いや、浅次郎自身ではなく、かれの遣う浮舟の剣である。

浮舟の剣そのものは特異な剣ではなく、兵法歌も敵と対峙したときの心のありようを教えたものであり、他流にも同じような教えはある。

だが、浅次郎の遣う剣はちがっていた。身辺からただよう霊気にくわえ、斬撃に異様な迅《はや》さと果断さがあった。その迅さと果断さは、敵刃に対する恐怖心の克服と迷いのない反応の迅さから生まれたものである。

つまり、兵法歌の教えどおり、己の心を水面とし敵を水面に浮かぶ舟と見て、敵の斬撃の起こりを察知して、すばやく反応する。しかも、浮舟の剣は、一太刀、敵刃を恐れず正面から踏み込みながら斬り上げる一拍子の太刀である。これほど実戦的な必殺剣はない。

……浅次郎は、己が死ぬことで浮舟の剣を会得したのだ。

と、宗二郎は気付いていた。

死人《しびと》には恐怖心や迷いがない。浅次郎は己の心と身を殺すことで、恐怖心や迷いを克服し、浮舟の剣の極意を会得したのである。

浅次郎は父を失い、母を己の手で斬り殺したとき、己の心も殺して死人になったにちがいない。

……このままでは、あやつの剣に勝てぬ。

と、宗二郎は思った。

捨て身で斬り込んでも、せいぜい相討ちであろう。いまのままでは、逃げるより手はないのだ。

「あれ、あれ、どうしちゃったのさ。ちっとも、酒が進まないじゃないか」

おさきが、慌てて座敷に上がり、宗二郎のそばに腰を落として銚子をとった。

「どうも、飲む気になれなくてな」

宗二郎は杯を差しだしながら、つぶやくような声で言った。浅次郎との対戦が、心に重くのしかかっているのであろう。めずらしく宗二郎の顔が暗かった。

「旦那、また、あぶない仕事じゃァないのかい」

おさきが心配そうな顔をした。

おさきも、宗二郎が鳴海屋の始末人であり、相手との交渉によって諍いになることもあると承知しているのだ。

「ときには、あぶない橋を渡らねば、生きてゆけぬ」

「だからさァ、いつまでも始末屋などやってないで、この店を手伝って田楽屋をやりなよ」

そう言って、おさきは肩先を宗二郎の胸にあずけてきた。

おさきは、宗二郎といっしょになって、田楽屋をやりたいらしいのだが、宗二郎の方はなかなかその気になれないでいるのだ。

「田楽屋をなァ……」

そう言ったきり、宗二郎は黙ってしまった。いつもは、おさきが身を寄せてくると、すかさず、尻に手をまわすのだが、今夜はまるで反応しない。

「どうしちゃったのよ。体の具合でも悪いんじゃァないのかい」

「いや、体は丈夫だ」

「なら、もっと飲んでおくれよ」

あらためて、おさきが銚子を取ったとき、衝立の向こうに人影があらわれた。佐吉である。

「仕事か」

宗二郎はかたわらの刀を手にして立ち上がろうとしたが、佐吉が手で制した。

「いえ、ちょいと耳に入れておきてえことがあるだけでして。……飲みながらで結構なんですがね」

そう言って、座敷へ上がった。

「待って、すぐ、佐吉さんの分も用意するから」

おさきは、ほっとした表情を浮かべて立ち上がった。今夜の宗二郎は、佐吉にあずけた方がいいと判断したらしい。

「話はなんだ」

おさきが酒と肴を運び、佐吉が一杯喉を湿したところで、宗二郎が訊いた。

「へい、伊佐次のことなんで」

佐吉はそう言ってあたりに首をまわし、ちかくに客のいないのを確かめてから小声で話しだした。

佐吉の話によると、太田屋の熊造も駱横丁の明石屋を馴染みにしていて、そこで伊佐次と知り合ったようだという。その後、伊佐次は太田屋にも顔を出すようになり、熊造の手下として動いているとのことだ。

「大島兵部も明石屋に馴染みの女がいたな」

「へい、やつもそこで熊造と知り合ったんでしょうな」

「浅次郎と伊佐次が一緒に動いていたのは、熊造の指示か」

「そうでしょう」

「それにしても、浅次郎と熊造はどこで知り合ったのだろう。……浅次郎が明石屋に出入りしているとも思えんが」

「あの男、女には縁がなさそうですからね」

「神田や小石川に、熊造が来た様子もないし……」

宗二郎は首をひねった。

「どうです、旦那、伊佐次に訊いてみちゃァ」

佐吉が手酌で酒を注ぎながら言った。

ふだんは、佐吉は女房に酒をとめられていて飲まないのだが、いったん飲みだすと底無しである。

「どうやって訊く」

「なあに、やつの居場所は決まってますんでね。夜は島蔵の賭場か明石屋、昼は黒船町の長屋でさァ。旦那がその気になりゃァ、いつでも締め上げられますぜ」

「そろそろ、あいつも始末するころあいだな。……よし、明日にでも、伊佐次をかたづけよう」

「あっしが、適当な場所を見つけますぜ」

佐吉は自分でばかり飲んでいては気がひけるのか、銚子を宗二郎の方にむけた。

「頼む。……ところで、佐吉、若松の政次の方はどうした」

杯を受けながら、宗二郎は佐吉が文蔵に政次のことを調べるよう頼まれていたのを思い出した。

「へい、若松の船頭仲間やあの辺りに古くから住んでる者に聞き込んでみたんですがね。政次という男、若松に雇われる前まで、どこで何をしてたか分からねえんで。……まったく、昔のことは話さねえそうでしてね。ただ、船頭の話だと、若松に来る前は船頭でなかったことだけは確かなようでさァ。手は職人のように厚く荒れていたし、足腰は船頭のものじゃァねえと」

「職人なァ。……それで、主人の徳兵衛は」

「徳兵衛の方は、柳橋の船宿に雇われてた船頭のようなんで。……なんでも、政次がその船宿に客として来て、ふたりは知り合ったんじゃァねえかと言ってやしたが」

佐吉は手酌で飲みながら話した。

「いま、政次はどこにいるんだい」

「それが、まったく行方が知れねえんで」

「妙だな……」

宗二郎は、文蔵が政次にこだわっていたのは、盗賊一味とかかわりがあると睨んだからではないかと推測していた。だが、盗人一味とみるには納得できないことが多かった。倅の利之助やおさよに気付かれずに盗人をつづけるのは無理だろうし、知っていれば、ふたりが宗二郎に始末の依頼に来ることはなかったろうと思うのだ。

それに、政次が姿を消したのは町方や鳴海屋の者から逃れるためでなく、何者かに追われているような気がしてならなかった。

「ところで、旦那、増田屋の方へ行かなくていいんですかい」

思い出したように、佐吉が訊いた。

「毎夜、泊まらずともよかろう。なにせ、太田屋の方には、まだ、その気配がないというからな」

宗二郎は、熊造たちにその動きがない以上、増田屋が襲われる恐れはないと見ていた。

「そういうことなら、今夜はとことんやりやしょう」

佐吉が銚子を手にして目を細めた。

どうやら、佐吉は腰を落ち着けて飲む気になったらしい。

2

明石屋を出た伊佐次は、店の角に立っていた首白女《くびじろおんな》に何か声をかけ、貉横丁を両国広小路の方へ歩いて行く。

その後ろを佐吉が尾けていた。

伊佐次が明石屋に入ったのを見た佐吉は、宗二郎に連絡を取り、すぐに引き返して来て、明石屋の斜向《はすむ》かいにあったそば屋の二階から見張っていたのだ。

伊佐次が明石屋から出て来たのは、佐吉がそば屋の二階に座りこんで半刻（一時間）ほど経ってからである。

伊佐次は飲んでいるらしく、足元がふらついていた。貉横丁を出た伊佐次は、広小路を柳橋の方へ歩いて行く。

すでに、町木戸の閉まる四ツ（午後十時）を過ぎていた。ふだんは賑やかな広小路にも、ほとんど人影はない。月明りのなかに、ぶらぶらと歩いて行く伊佐次の姿が浮かびあがっていた。

……どうやら、黒船町の長屋へもどるつもりのようだ。

佐吉は伊佐次が柳橋を渡ったのを確かめると、大川端の方へ走り、ちかくの桟橋にとめてあった猪牙舟の船頭に、黒船町でさァ、と声をかけた。

船頭はひとつうなずき、すぐに櫓を漕ぎ出した。

着物の裾を尻っ端折りし、手ぬぐいで頬っかぶりしていて風体は船頭だが、宗二郎である。よし野で舟を借り、伊佐次の行き先によって先回りできるよう待っていたのだ。

宗二郎は大川を溯上《そじよう》し、御厩河岸《おうまやがし》の桟橋に舟を着けると、船底に置いた刀をつかんで飛び下りた。そこは浅草三好町《みよし》で隣りが黒船町である。

伊佐次の長屋は、三好町にちかい下駄屋《げた》と八百屋《やお》の間の露地を入った先と聞いていた。下駄屋と八百屋のある通りも、小体《こてい》な店《たな》がぽつぽつとあるだけの寂しい裏通りだった。板戸を閉めきった店から洩れてくる灯《ひ》もなく、静寂と夜闇が通りをつつんでいる。

宗二郎は下駄屋の角に、かがみこんで伊佐次の来るのを待った。

やがて、人気のない通りに足音がし、月明りのなかに伊佐次らしい人影が浮かびあがった。人影は、濃い闇のなかにいる宗二郎には気付かず、乱れた足取りで近付いてくる。

宗二郎は伊佐次の面前へ飛び出した。

「だ、だれでえ！」

伊佐次は、その場に立ちすくんだ。

尻っ端折りし手ぬぐいで顔を隠していたので、宗二郎とは気付かなかったようだ。

「おれよ」

宗二郎は手ぬぐいをとった。

「て、てめえは、始末人！」

言いざま、伊佐次は反転して後ろへ駆け出そうとした。

だが、すぐ後ろに佐吉の姿があった。猫足と呼ばれるだけあって、まったく足音をさせずに尾行の間をつめたようだ。

「な、何のようだい」

伊佐次の顔は恐怖で歪み、声は震えていた。

「なに、すこしばっかり聞きたいことがあるだけだ」

宗二郎はおだやかな声で言った。

「な、何が聞きてえ……」

「まず、入船町でいっしょにおれを襲った牢人者だが、塚本浅次郎だな」

伊佐次の顔に驚いたような表情が浮かんだ。宗二郎が牢人のことを知っているとは思わなかったのであろう。

「小石川にいて、清巌流を学んだ男だ」

宗二郎がそう言うと、伊佐次は顔をしかめたまま大きくうなずいた。

「なぜ、おれを狙った」

「お、おめえに、恨みがあったからよ」

伊佐次が吐き捨てるように言った。

「恨みだと、おめえは納得ずくで若松とは縁を切ったはずだぜ。あれが気に入らずに、おれに仕掛けてきたというなら、容赦《ようしゃ》はしねえ。あのとき、手を出したら命はもらうと念を押してあったはずだ」

宗二郎はゆっくりと抜刀して、切っ先を伊佐次の鼻先へむけた。

「ま、待て！　ちがう、ちがうんだ。頼まれたのだ」

伊佐次は、ひき攣《つ》ったような声をだした。

「そうよ。端《はな》から正直に言えば、手荒なことはせずにすむんだ。鳴海屋をなめちゃァいけねえ。こっちは承知の上で、おまえに念を押してるだけなんだ。……おまえに手引きを頼んだのは今川町の太田屋熊造。その熊造とおまえは、両国の島蔵の賭場で知りあった。ちがうか」

伊佐次は目を剝いて宗二郎を見つめたが、急に観念したようにうなだれた。どうやら、宗二郎たちに何もかも知られていると思いこんだようだ。

「そ、そうだ」

「熊造は、なぜ、おまえを仲間に引き入れたんだ」

「それは、賭場で鳴海屋の話が出て、おめえとのことを話すと、太田屋の旦那が、そういうことなら、ちょいと手を貸してくれ、そう言って、若松の政次と始末人たちのことを探るよう頼まれたのよ」

「若松の政次だと。なぜ、太田屋が政次のことを」

宗二郎が訊いた。太田屋と政次の結びつきが分からなかったのだ。

「知らねえ。……ただ、太田屋の旦那は、昔、世話になった男だと言っただけだ」

伊佐次は、上目遣いに探るような目をして宗二郎を見た。

「そうか。……ところで、熊造と浅次郎はどういう結びつきなんだ」

「そいつも、知らねえ」

伊佐次は首を横に振った。

まだ、伊佐次は洗いざらい話す気にはなっていないようだ、と思った宗二郎は、刀身を後ろに引きわずかに腰を落として八相に構えた。

「伊佐次、このままおまえの首を刎《は》ねてもいいんだぜ」

斬首の気配を見せながら言った。

「ま、待て！　喋る、何もかも喋る」

伊佐次は顔を真っ青にして震え上がった。

言葉をつまらせながら、伊佐次が話したことによると、ある夜、熊造は路傍で浅次郎がふたりの侍を斬るところを目撃したという。

あまりの腕に、熊造は驚き仲間に入れようとしたが、当初は相手にもしなかった。ところが、相手が始末人と称し斬殺を生業とする渋沢念流や有馬一刀流の遣い手であることを知ると、浅次郎は始末人ひとりあたり百両で斬殺を引き受けたという。

そのとき、浅次郎は熊造に、同じ人斬りの剣なれば、やがては出会い勝負をつけることになろう、ならば、金をもらって斬る方がおれには相応しい、と言ったという。

「太田屋の旦那が、あっしに話してくれたのはそれだけで……」

伊佐次はこわばった顔のまま言った。

……どうやら、浅次郎も人を斬って生きてきたようだ。

と、宗二郎は思った。

伊佐次の話から、熊造が目撃したのは浅次郎の辻斬りの現場だろうと推測したのだ。

「ところで、伊佐次、浅次郎の住居《すまい》はどこだ」

長い間、小石川の長屋にはもどっていない。いまは、別のねぐらにもぐりこんでいるとみていいだろう。

「清住町の忠兵衛長屋でさァ」

「そうか。……伊佐次、太田屋はいつ、増田屋に押し込むつもりでいる」

宗二郎が声を落として訊いた。

「お、押し込み！……し、知らねえ。嘘じゃァねえ。太田屋の旦那は、押し込みのことなんか、何もいっちゃァいねえ」

伊佐次は目を剝き、声を震わせて言った。

どうやら、嘘を言っているようにも見えなかった。熊造は伊佐次に押し込みのことは、いっさい話してないのだろう。

宗二郎は八相に構えた刀を下ろした。これ以上、伊佐次から聞き出すこともなかった。

「あっしにも、ひとつ聞きたいことがありやして……」

伊佐次の背後にいた佐吉が小声で言った。

「若松の船頭、政次のことだが、いま、どこにいるか知らねえか」

「し、知らねえ。……そう言えば、太田屋の旦那も、しきりに政次の行方を気にしてたな」

伊佐次が佐吉の方へ顔をむけた。

「おめえ、政次のことを探ってたんだろう」

「それが、あっしが政次のことを尾けはじめると、すぐ、姿をくらましちまったのさ。そのあと、大川端で仲間とやりあい、川に飛び込んで逃げたそうだが、おれは居合わせなかったのよ」

「そうかい」

その夜のことは、佐吉もよく知っていた。与市に襲われて川へ逃げたのである。

「……あっしの聞きたいことは、これだけで」

佐吉はそう言うと、宗二郎の方へひとつうなずいて後じさった。

「あ、あっしも、これで……」

伊佐次は、ヘッ、へへへ、と嗤いながら、尻から後ろへ下がりはじめた。

「それでは、始末をつけさせてもらうか」

八相に構えなおした宗二郎の全身から激しい殺気が放射された。

ワアッ！　と悲鳴をあげ、伊佐次が逃げようと反転した瞬間、夜陰を裂く刃唸りの音がして、白光が一閃した。

わずかな骨音がして、伊佐次の首が血の糸を引きながら虚空へ飛んだ。首根から血を激しく迸《ほとば》しらせながら、首のない伊佐次の体がくずれるように倒れた。

「かわいそうだが、入船町でおれに仕掛けたときから、おまえは斬るつもりでいたのさ」

宗二郎はそう言うと、刀身を振って血を切った。

伊佐次の死骸《むくろ》を、ふたりで舟まで運ぶと、佐吉が乗り込んで櫓を取った。

「旦那、あとは、あっしが」

佐吉はそう言って、しずかに水押しを下流にまわした。

大川の下流へ、遠ざかっていく舟影を見送っていた宗二郎は、次はいよいよ浅次郎か、とつぶやいて桟橋を離れた。

3

「旦那、熊造が動き出したようですぜ」

と、佐吉が報らせて来たのは、伊佐次を始末してから四日後だった。

入船町の甚助長屋に姿を見せた佐吉は、

「昨夜遅く、熊造は離れに手下と思われる雇い人を集めて密談をしていたらしいんで。それに、今朝は熊造が、清住町の忠兵衛長屋に出かけて塚本と会っていやす」

と、小声で伝えた。

「集まった人数は」

腰に刀を差しながら、上がり框に立った宗二郎が訊いた。

「忍びこんだ銀次さんの話だと、七、八人はいたそうで」

「いよいよやる気だな」

宗二郎も熊造が押し込むつもりであることを察した。深夜、密かに七、八人も雇い人を集めたとなると、商売の話ではない。押し込みに入る相談とみていいだろう。

「熊造は旦那を斬らせるつもりで、塚本と会ったんですぜ」

佐吉の顔に、不安そうな表情が浮かんだ。

「そうだろうな。おれを始末したうえで、増田屋に押し入るのが、やつらの筋書きだろうからな」

宗二郎も、いよいよ浅次郎が仕掛けて来ると読んだ。

「どうしやす」

佐吉が訊いた。

「まず、めしだ」

そう言って、宗二郎は戸口から表へ出た。

外は、秋の強い陽射しが照っていた。もう、四ツ（午前十時）を過ぎているが、宗二郎は朝餉もまだだった。空きっ腹に水を飲んだだけである。

これから、ゑびす屋にいき、おさきに頼んで茶漬けでも食わしてもらうつもりでいた。

「旦那、どうする気なんです。今夜あたり、きやすで」

宗二郎の後ろをついてきながら、佐吉が困惑したように言った。

「まず、今夜と見ていいな」

「どうするんです」

「おそらく、熊造は手下に増田屋を見張らせ、おれが深夜になっても姿を見せないのを確かめてから、押し入るだろう。となれば、おれが日中から増田屋にいっていたり、別の場所から行ったりすれば、熊造たちは手を出すまい。それでは、こっちの網にも入ってこないことになる」

歩きながら宗二郎は話した。

「そりゃァ、そうですが……」

「おれが浅次郎に斬られるか、あるいは、増田屋に行けない状況をつくらねばならぬ」

「旦那ア、まさか、浅次郎に斬られるつもりじゃァねえでしょうね」

佐吉が足をとめて、宗二郎を見た。

「斬られるつもりはないが、逃げる」

宗二郎も立ちどまって佐吉を振り返った。

臼井も銀次も傷を負ってはいたが、刺客の手から逃げている。そして、ふたりが守っている店に姿を見せないことを確かめた上で、その夜に熊造たちは相模屋と野沢屋を襲ったのだ。宗二郎がその場から逃げても、深夜まで増田屋に行かなければ、一味は押し入るはずである。

「…………」

「佐吉に手伝ってもらいたい。ゑびす屋でめしを食ったうえで、その手筈を話す」

そう言うと、宗二郎は足早に歩きだした。佐吉も慌てて後を追う。

ゑびす屋は、まだ縄暖簾を出していなかったが、おさきと父親の喜八《きはち》が今夜の仕込みをしていた。

宗二郎がめしを食わせてくれ、と頼むと、おさきは文句を言いながらも、茶漬けと茄子《なす》の浅漬けを出してくれた。

立て続けに、三杯空にした宗二郎の食いっぷりを見て、佐吉が、

「旦那、大丈夫《でえじょうぶ》だ。それだけ、食えりゃア、死神もよりつかねえ」

と、あきれたような顔で言った。

めしを食い終わったあと、宗二郎は佐吉と今夜の手筈を打ち合わせ、ゑびす屋を出た。佐吉はそのままの足で鳴海屋に向かい、文蔵に伝えて今夜の手筈を整えるはずだった。

ひとり長屋に帰った宗二郎は、長屋の裏にある掘割の土手に木刀を手にして足を運んだ。向かった場所は掘割沿いに数本の欅《けやき》が枝を茂らせ、丈《たけ》の高い茅《かや》やすすきが繁茂している荒地だった。ここなら、人目を気にせず木刀が振れる。

ここ数日、宗二郎は何度もここに足を運び、浅次郎の浮舟の剣を脳裏にえがき、破る方法を工夫していたのだ。

宗二郎は、下段ではなく青眼に構えた。あの男に、鱗返しは通じぬと読み、青眼に構えて浅次郎の下段からの胴に対応しようとしたのだ。

間合は三間ほど。宗二郎は切っ先で相手を威圧しながら全身に気魄をこめて攻める。だ

が、浅次郎には少しの気の乱れもなく、体を揺らしながらジリジリと間合をつめてくる。

そして、間境《まぎかい》の手前で動きをとめると、浅次郎の体の揺れが激しくなり、霊気のようなものがその体をつつむ。

……あやつの心は死人のように静かだ。

心にわずかな乱れもなく、宗二郎の斬撃の起こりをとらえようとしている。

宗二郎の心に怯えが生じた。その一瞬の動揺で、かすかに切っ先が揺れた。

瞬間、浅次郎が間境を越える。その動きに誘発されたように宗二郎が振りかぶりざま斬りこみ、ほぼ同時に浅次郎の体が躍動して胴へきた。

迅《はや》い！

宗二郎は己の胴が一瞬迅《はや》く、薙ぎ払われた感触をもった。

……やはり、勝てぬ！

と、宗二郎は思い、青眼に構えた木刀をだらりと落とした。

浅次郎は宗二郎の斬撃の起こりを瞬時に読み、一気に胴へ斬りこんでくるのだ。静かな水面に浮かぶ舟は、わずかな揺れも水面に波紋を起こす、それと同じだった。死人のような浅次郎の恐怖を超越した心は、水面のように静かで、宗二郎のわずかな気の動きも映しとるのだ。

……あの心を乱さねば、勝てぬ。

こちらが捨て身で斬りこんでも、うまくいって相討ちだろうと宗二郎は察した。

それから、一刻(二時間)ほど、木刀を構えてさまざまに刀法を試みてみたが、浅次郎の浮舟の剣を破る工夫はつかなかった。

4

宗二郎はいつもより少し遅く、長屋を出た。すでに、辺りは夜陰につつまれている。風があり、夜空を黒雲が流れていた。

弦月《げんげつ》があり提灯はなくとも歩けたが、ときおり流れる雲に月が隠れ、闇が深くなるときもあった。

宗二郎は汐見橋を渡り、三十三間堂の裏の道を掘割に沿って歩いた。ここから、仙台堀に突き当たり、その堀にそって西に向かう。本所の増田屋に行くときのいつもの道である。

仙台堀の脇道へ出てしばらく行くと、一艘の猪牙舟が、少し間をおいて尾《つ》いてきた。手ぬぐいで頬っかぶりしているので、顔は見えなかったが、船頭は佐吉である。手筈どおり、堀沿いを歩く宗二郎の後を尾けてきているのだ。

宗二郎は、浅次郎が襲うとすれば、仙台堀沿いの道だろうと見当をつけていた。まだ、この時刻では通りにちらほら人影があるが、この堀沿いの道は、途中片側を寺社の杜《もり》につつまれた人気のない寂しい場所があるのだ。

前方に海辺橋《うみべ》が見える辺りまで来ると、寺社地が多くなり、あたりの闇が濃くなったように感じた。やがて、右手が仙台堀、左手が寺社の杜という寂しい場所に来た。

掘割に月が映じ、人影のない通りが闇のなかにうっすらとつづいている。鬱蒼《うつそう》とした葉叢《はむら》が風にザワザワと揺れ、汀《みぎわ》に寄せる堀の波音が足元から聞こえてきた。

……出おったな！

前方の樹陰の濃い闇のなかに、かすかな人影が見えた。

人影はふたり、武士と町人のようである。

宗二郎は鯉口を切り、歩をとめた。ふたりの人影が歩み寄り、樹陰から出ると月光のなかにその姿を見せた。

武士は塚本浅次郎である。色褪せた茶の素袷、頬がこけ餓狼のような底びかりのする双眸、その身辺に狂気を感じさせるような異様な雰囲気をただよわせている。

その背後にいる町人ふうの男には、見覚えがなかった。おそらく、襲撃の結果を仲間に報《し》らせるために同行した熊造の手下であろう。

「清巌流、塚本浅次郎だな」

宗二郎が質した。

男の顔に驚いたような表情が浮いたが、すぐに消え、無表情な面貌《おもて》にもどると、

「いかにも……」

と応えて、腰の刀に手をかけた。

「能造に金で頼まれたか」

「いかにも……。ただ、人斬りの剣で世を渡る狼同士、出会ったら牙を剝くのは当然であろう」

浅次郎は低いくぐもったような声で言った。

「うぬは狂い狼よ。おれが冥途へ送ってやる」

宗二郎も抜刀した。

間合は、五間ほどの遠間《とおま》だった。宗二郎はわざと大きく間をとって対峙したのである。

……一合《いちごう》だけ。

と、宗二郎は決めていた。

このまま立ち合ったら勝てぬが、浅次郎の初太刀だけは、なんとか受けられると思っていた。いかに迅かろうと、下段から胴へ斬り上げてくると分かっているのである。

宗二郎は背後を振り返り、遠方から仙台堀を佐吉の乗った舟がゆっくりと近付いてくるのを目にしてから、青眼に構えた。

宗二郎の構えを見て、浅次郎の顔に怪訝そうな表情が浮かんだ。鱗返しの構えである下段をとらなかったからであろう。

だが、浅次郎は無言のままぬらりと立ち、痩身をかすかに揺らしはじめた。切っ先が月光を反射して拍子を取るように上下に動いている。

……あれは、初太刀の起こりを迅《はや》くするためか。

宗二郎は浅次郎が体を揺らしているのは、初太刀の瞬発力のためだろうと察した。

通常、静止した状態より、体をリズミカルに動かしていた方が体の反応は迅い場合が多い。

浅次郎は痺《しび》れるような殺気を放射しながら、ジリジリと間合をつめてきた。

「敵は舟、われは水なり……」

呪文のように唱えると、浅次郎の体の揺れが激しくなってきた。それにつれ、顔が死人のように表情を失い寂静とした面《おもて》貌に変わってくる。

宗二郎は背筋が凍りつくような寒気を感じた。浅次郎の放つ霊気のようなものにつつまれたような気がした。

テエイッ！

ふいに、宗二郎は激しい気合を発し、素早い足さばきで己から間合をつめた。全身に激しい気勢がみなぎり、斬撃の気配が満ちている。

宗二郎は間境《まざかい》の外から仕掛けたのだ。

青眼から、わずかに刀身を振り上げ、斬撃の間を越えた。

間髪をいれず、浅次郎の体が躍動した。鋭い踏み込みと同時に、下段から胴へ斬り上げてくる。

だが、宗二郎はこの斬撃を読み、小手を斬ると見せて浅次郎の刀身を受けるつもりだった。

迅い！

浅次郎の寄り身と下段からの斬り上げは、予想以上に迅かった。宗二郎は、左手へ跳びながら刀身を斬り落とした。

甲高い金属音がひびき、夜陰に青火が散り、二刀が弾きあった。

宗二郎の右の脇腹が裂け、かすかに疼痛《とうつう》がはしった。浅次郎の斬撃が迅く、切っ先がわずかに腹部をとらえたようだ。

浅次郎が二の太刀を揮うべく、激しい勢いで迫る。宗二郎はさらに大きく左手に跳び、そのまま身を仙台堀の水面に躍らせた。

激しい水飛沫が上がり宗二郎の体は水中に消えたが、すぐに浮かび上がり、佐吉が漕ぎ寄せた舟の縁に手を伸ばした。

佐吉は濡れ鼠の宗二郎を舟底へ引き上げると、

「旦那ア、ひでえ血だ！……すぐに、手当をしねえと、命があぶねえ」

と、岸にいるふたりにも、聞こえるような大声を出した。

佐吉は傷の手当をするように宗二郎のそばにかがみこんだ後、急いで舟を大川の方へむかって漕ぎだした。

岸に立ってこの様子を見ていたふたりは、舟影がちいさくなると、その場を去り、闇のなかに姿を消した。

「旦那、ほんとに斬られてますぜ」

佐吉が驚いたように言った。

川へ飛び込んだ宗二郎が傷を負ったように見せるよう、佐吉と宗二郎の間で打ち合わせてあったのだが、佐吉はまさか本当に敵刃を受けるとは思っていなかったようだ。

「なあに、かすり傷だ。……だが、これで、浅次郎たちもおれが深手を負ったと思いこむはずだ」

宗二郎はそう言って、手ぬぐいを傷口に当てた。

皮膚がわずかに裂けただけで、出血もわずかである。血さえとまれば手当の必要もない。

「どうしやす」

「少し遠まわりになるが、入船町にもどってくれ」

宗二郎は長屋にもどって着替え、夜更けを待って、本所の増田屋に行くつもりでいた。おそらく、熊造たちは宗二郎が増田屋に来ないことを確かめた上で、押し込むはずだった。

増田屋には臼井をはじめとする鳴海屋の始末人が網をはっているはずだが、宗二郎もくわわり頭目と思われる熊造を自分の手で討ちたいと思っていた。他人に任せたのでは、増田屋の守りを引き受けた始末人の顔がたたないのである。

佐吉の漕ぐ舟は海辺橋をくぐり、右手の掘割に舳先《へさき》をむけた。この辺りは縦横に掘割がはりめぐらされていて、陸の道を通らずとも目的地へ向かうことができる。

風で掘割の水面が波立っていた。左右に問屋の蔵や材木などが積まれており、月光が遮られて闇が深かった。

所々に舫《もや》い杭があったり小さな桟橋などがあり、猪牙舟が波に揺れていた。佐吉は巧みに櫓をあやつり、入船町の方へ舟を進めていく。

宗二郎は舟梁《ふなばり》に腰を落とし、浅次郎の剣を思い出していた。

……やはり、迅い。

と、宗二郎は実感した。

下段から腹へ斬り上げてくると分かっていても受けきれぬほど迅速果敢な剣だった。

太刀ゆきが迅いというだけでなく、その起こりが迅速だった。こちらの斬撃の起こりに対して、瞬時に反応するのだ。それが迅い。

宗二郎は寒気のようなものを感じ、このままでは勝てぬと思った。

そのとき、宗二郎は前方に急迫してくる物体を感じ、ハッとして顔をあげた。

……舟だ！

迅い、見る見る艫先が眼前へ迫ってくる。

「あぶねえ！」

叫びざま、佐吉は必死で舟首を岸辺へ寄せる。

「やろう！　どこへ目をつけてやがる！」

艫《とも》に立った向こうの舟の船頭が怒鳴り、あわてて逆方向へ舟を向けようとした。

ごつごつと舟縁を擦りながら、ふたつの舟は擦れ違った。舟体が揺れたが、衝突は避けられたようである。

「そっちこそ、気をつけろ！」

去って行く船頭の背に、佐吉が怒鳴り返した。

ふたつの舟は見る間に遠ざかり、すぐに相手の舟は闇のなかに消えた。闇の濃い場所であり、双方の舟が提灯を点けていなかったため、発見が遅れたらしい。

「旦那、正面から向かってくる舟はかえって見づらいんですよ」

佐吉が櫓を漕ぐ手を休めながら言った。

「霧や闇で舟体は見えなくとも、川面が静かだと舟のたてる波で気付くこともあるんですがね。遠くから進んでくる舟は分からねえ」

「ほう、なぜだい」

宗二郎が訊いた。

「遠くにあるときから、川面に同じような波がたってるからでさァ。……それも、速いほど分からねえんで。気がついたときにゃァ、もう、目の前でさァ」

舟がゆっくりと進行をとめ、それにしたがって上下に揺れだした。波を切る振動はなくなったが、波による舟体の揺れは大きくなったようだ。

……遠方からの舟の波は分からない！

そのとき、宗二郎の脳裏に天啓のように閃くものがあった。

静かな水面に浮いた舟は、わずかな動きでも波紋を立てる。だが、遠くから突き進んでくる舟ははじめから同じような波をたてているため、なかなか気付かない。

……風走《かぜばしり》を遣うか！

宗二郎の遣う渋沢念流には、風走と称する刀法があった。

これは複数の敵に対したときの刀法で、敵が体勢を整える前の隙《すき》をつき、抜刀とともに一陣の風のごとく突進し、まず、中心人物を斃して戦力をそぐのである。

宗二郎は、浮舟の剣に対しこの風走を遣ってみようと思った。

5

竪川にかかる二ツ目橋の下を、二艘の猪牙舟が緑町の方へむかっていく。

舟は橋をくぐると、すぐに岸の方へ漕ぎ寄せ、数艘の舟が舫ってある桟橋に水押しを突っ込んでとめた。

ちょうど月が流れた雲に隠れ、あたりは急に闇が深くなったが、舟から桟橋に飛び下りる数人の男たちの姿がぼんやりと見えた。

男たちは桟橋を走り、川岸の短い石段を駆けあがって行く。

すぐに、風で雲が流れ、月明りが黒装束の男たちの姿を浮かび上がらせた。川沿いの樹陰に身を寄せるように集まったのは八人。いずれも、黒の腰切半纏《こしきりばんてん》に股引《ももひき》姿、黒布で頰っかむりしている。熊造を頭目とする八人の夜盗集団である。賊の多くは、雇い人として太田屋にいた者たちだが、そのなかに疾風の与市、それに平六という錠前屋だった男も混じっていた。

男たちの集まった正面に、どっしりとした二階建ての土蔵造りの店舗が見えた。増田屋である。右手に米を貯蔵しておく倉が三棟、店の奥に土蔵が二棟あり、夜闇のなかに屋根を重ねるように並び建っていた。

「源吉、始末人はこねえな」

熊造が後ろにいた男に念を押すように訊いた。

「へい、あの牢人に斬られ、かなり深手を負ったようで。……それに、しばらく前まで店を見張っておりやしたが、やつが店に入った様子はありやせん」

源吉が小声で答えた。

熊造の指示で、源吉は浅次郎に同行して宗二郎の襲撃の様子を見たあと熊造に報告し、その後増田屋を見張っていたのだ。

「よし、行くぜ」

熊造の声に男たちが、走り出した。

身軽そうなひとりが、店舗の脇の板塀に短い縄梯子《なわばしご》を掛けて越えると、待つ間もなく脇のくぐり戸が開いた。

「頭、こっちで」

男の指示で、熊造を先頭に七人の男たちが敷地内に吸い込まれていく。

一味は、通りに面した米倉《こめぐら》の脇の八手《やつで》の樹陰に身をひそめ、さっき縄梯子で板塀を越えた男のまわりに集まった。

屋敷から洩れてくる灯《ひ》もなく、辺りは森閑として寝静まっている。

「あれが離れ、始末人はあそこに寝泊まりしていたようで」

板塀を越えた男が小声で言った。

どうやら、この男が雇い人として増田屋に入りこみ店の様子を探ったらしい。

「……店の裏の土蔵があれ、衣類や値打ちのある漆器などは、あそこにしまってありまさァ。ですが、金は内蔵にありやす」

男はつづけた。

「金だけでいい」

男の話を遮るように、熊造が言った。

「内蔵は、裏口からしか入れねえ。……あそこが、その裏口で」

男は店舗の裏の引戸を指差した。

「よし、あそこから押し入る、平六、鍵がついてるはずだ。頼むぜ」

熊造は背後にいた小柄な平六に声をかけて、足音を忍ばせて裏口へむかった。

遅れじと七人が後につづく。

「平六、鍵だ。開けてくれ」

引戸にもちいさな錠前がついていた。

へい、と応えて、平六が戸口の前にかがみこんだ。他の七人がぐるりを取りかこむ。

そのときだった。ふいに、土蔵の離れの陰から人影が飛び出してきた。臼井、銀次、伊平の三人である。臼井が正面から、銀次と伊平は左右から賊を取りかこむように走ってきた。

「ちくしょう、始末人だ！　待ち伏せてやがったんだ」

熊造がわめくように言った。

白刃をひっさげた臼井が眼前に迫り、銀次の手にした匕首が夜陰ににぶくひかった。伊平は、手の中に泥鰌針《どじょうばり》を握って走り寄ってくる。

男たちの顔が、ひき攣《つ》ったようにこわばった。盗人としては年季が入っていたが、腕に覚えのある者は与市だけだったのである。

「相手は三人だ、やっちまえ！」

与市が匕首を抜いて前に出ると、他の男たちも懐に呑んでいた匕首を抜いた。

だが、臼井たちの敵ではなかった。一気に走り寄った臼井は、双手上段《もろてじょうだん》に構えると、南無阿弥陀仏、と唱えながら、腰の引けた男の真額《まびたい》に斬り落とした。

ギャッ！という絶叫とともに、柘榴《ざくろ》のように割れた額から血が飛び散った。男は激しく体を揺らし、血を撒きながら倒れた。

この凄絶な斬撃に度肝《どぎも》を抜かれた賊は戦意を失い、蒼《あお》ざめた顔で尻込みしはじめた。そこへ、右手から伊平が走り寄った。手にしているのは五寸ほどの針で、まな板の上に鰻《うなぎ》や泥鰌の頭を刺して裂くときに使う物である。

走り寄った伊平は、長身の男の肩口へ左手を伸ばすと半纏をつかんで、グイと引き寄せた。伊平は幼いころから鰻や泥鰌を握って育ってきたせいか、握力と腕力が異常に強い。男は体勢をくずして泳ぐように引き寄せられた。その男の盆《ぼん》の窪《くぼ》へ、右手に握った伊平の泥鰌針が深く突き刺さった。

グッ、と喉を鳴らしただけで、男は顔をどす黒く染め、虚空に突き上げた両手を掻きむしるように震わせながら悶絶した。

つづけざまにふたり斃され、ひとりが、ワアッ、という悲鳴をあげて逃げ出した。それをきっかけに、六人が侵入した板塀の方へ向かっていっせいに走りだした。

その後を臼井たち三人が追う。

銀次は、ひとりだけ離れて走っている与市の背を目で追っていた。与市だけは自分の手で始末したかったのである。

熊造たちが逃げ出したとき、土蔵の陰からふたりの人影があらわれた。文蔵と孫八だった。文蔵は始末人たちの首尾を見るためと、いざという場合は町方を呼ぼうと呼び子を持って来ていたのだ。

板塀のそばに駆け寄った六人の足が、そこでとまった。くぐり戸はちいさくひとりずつしか抜けられなかったのだ。

南無阿弥陀仏……。

ふたたび臼井の声が聞こえ白刃が一閃すると、最後尾にいた長身の男が、肩口から血煙をあげてのけぞった。

外に逃げられないとみた賊のひとりが、悲鳴をあげながら塀沿いに米倉の方へ駆けだした。その後を伊平が追う。

そのとき、与市はすばやく店舗の陰の濃い闇のなかへ走りこんだ。板壁に背をするようにして、裏手へまわろうとしている。

その与市の後を、銀次が追った。

濃い闇のなかに与市の黒装束が溶け、常人の目ではとらえられなかったろう。だが、銀次は夜禽《やきん》のように夜目が利く。

銀次は、すばやい身のこなしで、店舗の裏の土蔵の方へ逃げようとした与市の姿をとらえ、追いすがった。

「待ちな、与市」

銀次が背後から声をかけた。

足をとめ振り返った与市は、土蔵の陰の濃い闇のなかに銀次の姿だけしかないのに気付くと、口元に不敵な嗤いを浮かべた。

「銀次、ひとりかい」

与市は手にした匕首の切っ先を銀次にむけて腰を沈めた。

「始末をつけさせてもらうぜ」

銀次も低く身構えた。

黒の半纏に黒の股引、銀次の姿も濃い闇に溶けて、その顔と匕首のにぶいひかりがかすかに見えるだけである。

「できるかい。おめえの首を、この匕首で掻《か》っ切ってやるぜ」

与市はジリジリと間をつめてきた。

「おれは鵺《ぬえ》よ。闇の禽《とり》だ」

言いざま、銀次は左手に大きく跳んだ。

瞬間、黒の半纏がひるがえり、バサッ、と巨鳥の羽ばたくような音がし、銀次の姿が与市の視界から消えた。

「や、やろう！」

左手に人の気配を感じた与市は、鋭く匕首を払った。

シャッ、と半纏の裂ける音がして匕首は虚空に流れた、その瞬間、与市は己の首筋に焼鏝でも当てられたように衝撃を感じた。

与市の匕首は銀次の半纏を裂き、銀次のそれは与市の首筋をとらえていたのだ。

匕首の扱いだけなら、与市の方が上だったかもしれない。だが、闇のなかでは、夜目の利く銀次の方に利があったのである。

ウッ、というわずかな呻き声がもれただけだった。与市は首筋から血を噴き上げて前につんのめるように倒れた。

闇のなかで短い吐息がひとつした。後は、鼻をつままれてもわからないほどの濃い闇と静寂が辺りをおおっている。

気配はするが、銀次も倒れた与市の姿も見えない。濃い闇のなかで魑魅魍魎《ちみもうりょう》の囁《ささや》く声のように、しゅる、しゅると、血の噴出音が聞こえてくるだけだった。

る。

6

　そのころ、宗二郎は佐吉とふたりで、竪川縁の柳の樹陰にいた。すぐ正面が増田屋である。

「佐吉、始まったようだな」

　宗二郎がかたわらの佐吉を振り返って言った。板塀の向こうから、悲鳴や入り乱れた足音などがかすかに聞こえてきた。

「旦那、押し込みのやつらが逃げてくるなら、あのくぐり戸ですぜ」

　佐吉がそう言ったとき、くぐり戸が開いて、黒装束の男がひとり飛び出して来た。つづいてもうひとり、転げるように通りへ走り出た。

　熊造と平六という錠前破りである。

「来やがった！　旦那、ふたりだ」

　佐吉が声をあげた。

　宗二郎が鯉口を切り、桟橋の方へ駆け寄ってくるふたりの方へ歩き出したときだった。ふいに、桟橋の石垣からふたりの賊の前に飛び出した男がいた。

「あれは！」

佐吉が声をあげた。

若松の船頭の政次である。政次の手元が月光にひかった。匕首を握っているらしい。政次は、まっすぐふたりの方へ駆け寄ると、

「平六！　おめえの命だけはおれが、もらうぜ」

と叫びざま、平六の脇腹あたりにぶち当たった。

ふたりは抱き合うような格好のままその場につっ立ち、一瞬動きがとまった。そのとき、熊造が匕首を懐から抜き、

「吉蔵、観念しやがれ！」

と叫びざま、政次の背中から匕首を突き刺した。

呻き声をあげながら、政次と平六が折り重なるように倒れた。

ひとりになった熊造は、繋いである舟で逃げようと桟橋の方へ駆けだしたが、その前に宗二郎が立ちふさがった。

「おまえを、逃がすわけにはいかぬ」

宗二郎の顔には憤怒の色があった。ひとりだけでも助かろうと、仲間を見捨てて逃げてきた熊造のあさましさに腹がたったようだ。

「て、てめえ！」

熊造は目を血走らせ顔を赭黒《あかぐろ》く染め、匕首を振りまわした。

散った。

叫びざま、宗二郎は上段から渾身の一刀を斬り落とした。

にぶい骨音がし、熊造の顔がふたつに裂け、西瓜《すいか》のように割れた頭蓋から血と脳漿が飛び散った。

熊造は呻き声もあげず、腰からくずれるようにその場に倒れた。

「旦那ァ、ぴくりとも動きませんぜ」

佐吉が驚嘆の声をあげた。

宗二郎は倒れた熊造を一瞥《いちべつ》すると、さっき倒れたふたりの方へ走った。見ると、その周囲に人影があった。文蔵や臼井たちが駆け付けたらしい。

「おい、しっかりしろ！」

文蔵が政次を抱えあげていた。

政次は苦しそうに顔をゆがめていたが、まだ意識はしっかりしていた。

「おめえ、こいつとどういう知り合いだい」

文蔵が倒れている平六に目をやって訊いた。

「へい、あっしはこいつの親方だったんで……」

「錠前屋か」

「へ、へい、押し込みから足を洗わせようとしたんだが、熊造のやつにそそのかされて……」

政次は顔をゆがめ、喘ぎながら言った。

「熊造も、おめえの手下じゃァなかったのかい」

文蔵が低い声で訊いた。

「……さて、あんな男は知らねえが」

「おめえの名は、夜鴉の吉蔵、熊造はおめえの片腕だったと見るがな」

文蔵は鋭い目で政次を見つめながら言った。

さっき、熊造が政次を刺すとき、吉蔵、と口走ったのを文蔵は耳にしていた。

政次は文蔵の方へ目をむけ、ハッとしたような表情を浮かべたが、すぐに首を横に振ると、

「な、鳴海屋さん、おれの懐に三十両の金がある。……こ、これで、あっしの最期の始末をお願えしてえんだが……」

そう言うと、政次は渾身の力をふり絞って身を起こし、懐から手ぬぐいに包んだ物を取り出し、文蔵の手に握らせて、お願えしやす、と絞り出すような声で言った。

「いいでしょう。わたしの商売は始末屋です。金さえいただければ、厄介ごとの始末もしますし、店も身もお守りいたしますが」

「あ、ありがてえ。……あっしは、船頭の政次、たまたまここを通りかかって押し込みと出

会い、刺されちまったってことにしてもらいてえ。……それに、夜鴉の吉蔵は十五年前に死に、熊造たちは夜鴉の一味とは何のかかわりもねえことにしてもらいてえんで」

「分かった、そういうことにしよう。……それにしても、おめえ、何だって姿を消してたんだ。熊造たちから身を隠すためかい」

「へ、へい、熊造の手下があっしを嗅ぎまわりだしたのでね。それに、あっしはどんなことをしても、熊造たちの口を塞ぎたかったんで。……な、鳴海屋さん、あっしの正体が熊造の口から、ばれてみなせえ。利之助とおさよさんは、どうなると思いやす。いっしょになって若松を継ぐどころか、江戸にもいられねえ。……あっしは、どうしてもあのふたりは守りたかったんで……」

　政次の顔がしだいに土気色になってきた。唇や顎の先が顫《ふる》え、吐く息も喘ぐようになってきた。出血が生気を奪っているのだ。

「大川端で、平六に声をかけたのは」

「へ、へい、せめて、あいつだけでも足抜きさせてから、熊造を殺《や》ろうと思ったんだが、こうなっちまったら、せめて、あっしの手で冥途に送ってやろうと……」

「若松の徳兵衛さんは」

　佐吉がわきから訊いた。

「あ、あの男も何も知らねえ。……船頭だった男で……」

そのとき、宗二郎が口をはさんだ。

「それにしては、ちかごろ様子がおかしいと娘のおさよが訴えていたがな」

利之助とおさよはふたりの父親のことを助けてくれ、と頼みに来たのだ。

「……うすうす、あっしの正体を知っていたからかも知れやせん。で、ですが、あの男は若松の主人でおさよさんの父親なんで……。盗人などとは、何のかかわりもねえ」

「そうか、分かった」

宗二郎が答えた。

文蔵が顫えだした政次の肩を抱くようにして、倒れるのを支えやった。政次の背中からの出血は激しく、着物の腰のあたりまでどっぷりと血を吸っている。

「な、鳴海屋さん、利之助や若松の者には、あっしの昔のことは知られたくねえんで……」

政次は顫える手を突き出すようにして、文蔵の手を握った。

「分かったぜ。始末料をもらったんだ。おめえは船頭の政次でとおす。それに、利之助も若松の店も守るぜ」

「あ、ありがてえ……」

そう言ったとたん、政次の体から力が抜けだらりと両腕が下がった。

第六章　風《かぜ》走《ばしり》

1

武者窓から、初秋を感じさせる細風《そよかぜ》が流れこんでいた。

宗二郎は、蓮見道場の床にひとり塑像のようにつっ立ったまま動かなかった。全身に汗の吹き出た宗二郎には心地よい風のはずだが、涼気さえ感じていなかった。

宗二郎は気を集中させ、脳裏に浮かべた塚本浅次郎の遣う浮舟の剣にたちむかっていたのである。

宗二郎は下段に構えていた。

鱗返しより、もっと低い下段。切っ先を相手の趾《あしゆび》につける下段で、渋沢念流では地擦《じず》り下段と呼んでいる。

これは敵を気魄《きはく》で攻め、威圧されて斬り込んできたところを下から小手や胴に斬り上げる技である。浅次郎の遣う浮舟の剣と太刀捌《さば》きが似ている。

宗二郎はこの地擦り下段を風走とともに遣い、浮舟の剣にたちむかおうとした。

五間余の遠間。

宗二郎は地擦り下段に構えたまま、すばやい擦り足で一気に浅次郎との間境を越えた。

水面をつき進む舟である。最初から波を立て、斬撃の体勢にはいっている。

宗二郎の攻撃に対し、敵の斬撃の起こりに反応して斬り上げる浮舟の剣は、その威力を半減させるはずだった。しかも、同じ下段同士。浅次郎は迂闊《うかつ》に胴へ斬り上げることもできない。身を引いて、間合を取るか、体を右へひらきながら、鍔元《つばもと》の小手へ斬り上げてくるかである。

……あやつは、引かぬ。

となれば、小手へくる。

宗二郎はその剣を下から撥ね上げ、返す刀で胴へ斬りこもうとした。

浅次郎が斬撃の機《き》を感知し、宗二郎の小手へ斬り上げる。

迅い！　しかも、鋭い太刀捌きに、宗二郎の撥ね上げる太刀が一瞬遅れた。

……斬られていたな。

宗二郎は脳裏に描いた浅次郎に、小手を斬られたことを感知した。

もう一度、宗二郎は道場の隅に立ち、地擦り下段に構えて、脳裏の浅次郎と対峙した。くりかえし、くりかえし、低い下段から浅次郎の剣を撥ね上げようと試みたが、浮舟の剣の斬り上げの方が迅くて、鋭いのだ。

道場に立って、一刻（二時間）もしたとき、宗二郎は背後に人の立っている気配を感じた。父の剛右衛門である。

「宗二郎、敵の剣を撥ね上げねばだめかな」

剛右衛門は目を細め、おだやかな声で言った。

どうやら、地擦り下段から刀を撥ね上げ、返す刀で胴へ斬りこむ宗二郎の太刀捌きを見て、どのような攻撃を試みているか察知したようだ。

「と、申しますと」

宗二郎は額を流れる汗を稽古着の袖で拭いながら、歩み寄った。

「一瞬、遅れるのは、敵の太刀を撥ね上げようとするからではないかな」

「ですが、敵の太刀を弾かねば、こっちが斬られます」

「斬らせたら、よかろう」

剛右衛門は宗二郎の顔を見つめて言った。剣客らしい冷徹なひかりがあった。

「斬らせる……」

宗二郎は父の言うことが理解できなかった。

「水面はな、身を捨てているからこそ、浮舟の動きを感じ取るのとちがうか」

「………」

「まァ、いろいろ工夫してみるがよかろう」

そう言い置くと、剛右衛門はきびすを返した。

宗二郎は道場の床に佇立したまま、剛右衛門の言い残した言葉を反芻していた。水面が身を捨てているからこそ、舟の動きを感じ取る、という意味は分かった。浅次郎の遣う浮舟の剣のことなのだ。浅次郎は己の身を捨てているからこそ、静かな水面のごとく心を平静に保ち、敵の起こりを察知することができる、という意味なのである。

だが、敵にわが身を斬らせればよい、という意味が分からない。

おそらく、己も浅次郎と同様、捨て身で立ち向かえということなのだろうが、宗二郎は地擦り下段で一気に敵との間境《まざかい》を越えようと試みたときから、己の身は捨てたつもりで立ち向かっていたのだ。

……ともかく、腕を斬られてみるか。

宗二郎はそう思い、地擦り下段に構えると、脳裏の浅次郎にすばやく身を寄せた。

そのまま斬撃の間を越えると、浅次郎が下段から小手を斬りあげてくる。

かまわず、宗二郎が下段のままでいると、浅次郎の切っ先が右手首あたりをとらえ截断されて、虚空へ飛ぶ。

たしかに、浅次郎が斬り上げたとき、脇腹あたりに隙ができるが、右手を失っては反撃のしようもない。

その後しばらく、宗二郎は同じように浅次郎に小手を斬らせて見たが、浅次郎の浮舟の剣を破る工夫はつかなかった。

宗二郎は稽古着を着替え道場を出ると、外は月夜だった。敷地内の木陰から虫の音が聞こえくる。庭から表通りに出ようとすると、枝折り戸のところにかがみこんでいる佐吉の姿があった。

「旦那、さきほど剛右衛門さまにお会いしましてね。道場にいると聞いたもんで、こうして、待っていたんでさァ」

と、宗二郎の後をついてきながら佐吉が言った。

「何の用だ」

「とくに、用はねえんだが、旦那が浅次郎とやるつもりでいるんじゃァねえかと思ったもんでね」

「そのつもりだが」

「旦那ァ、やめた方がいいですぜ。増田屋の始末はきっちりついたんだ。増田屋の旦那も、店を守ってもらって、ありがたがっている。始末人の仕事は、ここでお終いじゃァねえんですかい」

佐吉が宗二郎の後を追いながら、声を大きくして訴えた。

「まァ、そうだな」

佐吉の言うとおり、増田屋庄左衛門は店が何の被害も受けず、しかも侵入した賊がことごとく始末人によって討ちとられたことを知って大層喜び、お礼だと言って、さらに十両の金を文蔵に渡したほどなのである。

賊の死骸は町方によって検死され、今まで深川界隈へ押し入っていた夜盗は能造たちであることが確認されて、事件の始末もきっちりついていた。いまさら、宗二郎が浅次郎を討つ理由はないのである。

「それにね、浅次郎の住んでる長屋も分かってるんだ。元締は、佐賀町でふたりの武士を斬った辻斬りの下手人として、浅次郎を町方に捕《と》らせりゃァ、何もかもけりがつくと言ってるんですがね」

佐吉は、どうしても宗二郎と浅次郎を対戦させたくないようだ。強敵であることを知っていて、心配しているのである。

「佐吉、おまえが寝ているとき、家にだれかが忍びこみ枕元を素通りしたらどうする。猫足の佐吉の家に忍び足で侵入したやつがいたら、だまって見逃すかい」

宗二郎はゆっくり歩きながら言った。

「そりゃァまあ、腹がたちますな」

「追っかけるだろう」

「まァ、何か仕掛けて鼻を明かしてやるでしょうな」

「それと同じよ。おれは剣で始末人をやってる。そのおれに、浅次郎は剣で挑んできたんだ。黙って見逃すわけにはいかねえだろう」

「……………」

佐吉は視線を落としたが、その顔には不安の色が濃かった。

「だがな、佐吉、勝目がないのに仕掛けるような無茶はしねえよ」

宗二郎はなだめるような声で言った。

2

宗二郎が蓮見道場に通うようになって、七日ほど経った。宗二郎はひとり、門人の帰った道場に立ち、木刀や真剣を遣って、浅次郎が下段から胴や小手に斬り上げる剣を何とか防ごうと工夫していたのである。

だが、駄目だった。浅次郎の斬撃の迅さと鋭さは尋常のものではなかった。捨て身で斬りこんでもせいぜい相討ちがいいところだった。

この間、宗二郎は剣の工夫に没頭した。月代《さかやき》や髭が伸び、頰の肉がえぐり取ったようにこけ、目ばかりが餓狼のようにひかっている。その面貌《おもて》は精悍というより、悽愴な感じをおびてきていた。

日頃の稽古不足がたたって、掌《て》の皮は破れ節々が痛み体は疲れきっていたが、神経は切っ先のように研ぎ澄まされていた。

……やはり、小手を斬らせるより手はないようだ。

宗二郎は、浮舟の剣は受けきれぬ、と自覚した。

その夜から、宗二郎は小手を斬らせることに専念した。

地擦り下段から一気に攻め込み、浅次郎が斬り上げてくるのにまかせ、小手を斬らせるのである。

宗二郎は何度も何度も執拗にくりかえした。

すこしでも浅く斬らせ、隙《すき》のできた浅次郎の脇腹を突く。

……腕を斬らせ、腹を突く。

そう思ったのだ。

浅次郎が下段から斬り上げたとき、一瞬胴に隙ができるが、とても下段から刀身を返して斬り上げる間はない。そのため、宗二郎は下段から切っ先を上げ、そのまま腹を突くつもりだった。

だが、腹を突くにしても、右腕を落とされては無理である。

宗二郎は一心に浅次郎の太刀の動きを見つめ、敵の切っ先と己の腕との間を読んだ。浅次郎の小手への斬撃を浅くするには、微妙な間の取り方が必要だった。

二日、三日とつづけるうちに、宗二郎は地擦り下段に構えた寄り身のなかで浅次郎の切っ先が見えるようになってきた。その動きに慣れてきたせいかもしれない。

宗二郎は己を水面を突き進む舟とみていた。

舟が浅次郎に突き当たる瞬前に、浅次郎は小手に斬り上げてくる。その瞬間の起こりを読み、間を読むのである。

……くる！

感知すると同時に、宗二郎は無意識に腰を沈めていた。

刹那《せつな》、斬り上げた浅次郎の切っ先が、右の二の腕あたりをかすめて過ぎた。

……これか！

浅次郎の切っ先は皮膚を裂いただけだ、と察知した。宗二郎が腰を沈めた瞬間、両腕が下がり、その分、切っ先と腕との間が遠くなったのだ。

……浮舟の剣を破れるかもしれぬ。

と、宗二郎は思った。

翌夕、宗二郎と佐吉は連れだって、甚助長屋を出た。

「旦那、大丈夫《でえじょうぶ》でしょうね」

佐吉は、心配そうに眉宇《びう》を寄せた。

「やってみねば分からぬが、この前のようなことにはならぬ」

勝負は互角、と宗二郎は踏んでいた。

「それにしても、ひでえ面《つら》ですぜ。まるで、貧乏神みてえだ」

宗二郎は月代も髭も剃っていなかった。ここ十日ほど風呂にも入らず、よれよれの着物からは異臭もした。

「汗や垢《あか》では死なぬ。……それより、浅次郎は長屋にいるんだろうな」

「へい、まちがいなくおりやす」

午前中、佐吉は宗二郎に頼まれて、清住町の長屋に出かけ、浅次郎が長屋にいることを確かめてあった。

「呼び出せるか」

「いえ、呼び出すこともねえようでして。……長屋の者から聞いたんですが、浅次郎は日が沈むと、きまって熊井《くまい》町にある佃屋《つくだや》ってえ一膳めし屋に出かけてめしを食ってくるそうでしてね。その帰りを大川端辺りで待ち伏せしちゃァどうです」

佐吉が小声で訊いた。

「酒は」

酔っている浅次郎は斬りたくない、宗二郎は思った。

「やつは、下戸《げこ》だそうで」

「よかろう。……それで、道筋は分かっているのか」

深川、熊井町は、永代橋からさらに下流にある川沿いの町である。

「ぬかりは、ありませんやァ」

佐吉はすでに、佃屋の店と浅次郎が長屋へ帰るだろう道筋をつかんでいるという。

ふたりは、汐見橋を渡ると右にまがり、三十三間堂の裏を通って仙台堀沿いの道に出た。

そこから堀沿いの道を大川方面に向かって歩いた。

大川につきあたり、川下にしばらく歩いたところで、佐吉が立ちどまった。川端に数本の柳が蓬髪《ほうはつ》のような枝葉を風になびかせ、すぐ正面に永代橋が見える。

「旦那、ここがどこか分かりますかい」

佐吉が訊いた。

「佐賀町だろう」

「佐賀町は端《はな》から分かってまさァ。……旦那、ここですぜ。浅次郎がふたりの侍を斬った場所は」

「ほう……」

辻斬りで、浅次郎がふたりの侍を斬ったという話は、文蔵から聞いていた。

「佃屋からの帰り道に、やったんでしょうな」

「よく分かったな」

「へえ、ちょいと、達吉親分からね」

佐吉は、岡っ引きの達吉から辻斬りの場所だけ聞き出したという。

「今度は、おれがここで、浅次郎が来るのを待つのか」

「へい、旦那がその面《つら》で柳の陰から姿をあらわしゃァ、浅次郎のやろう、あの世から死神でも迎えに来たと思いやすぜ」

「おもしろい。ここで、待とう」

死神とは思わないだろうが、己がひそんでいた場所からあらわれれば、驚かせるぐらいのことはできよう。驚きや恐れは、心を動揺させ平静さを失わせる。まさか、こんなことで浅次郎が心を乱すほど驚きはしまいが、多少は気が高揚するはずだ。

「旦那、あっしが佃屋を見てきやすから、ここに隠れていてくだせえ」

そう言い残すと、佐吉は熊井町の方へ走りだした。

宗二郎は柳の陰に立ったまま、大川に目をやった。いい月が出ていたが、川面はひっそりとしていた。遠近《おちこち》に猪牙舟や箱舟《はこぶね》の乗客が手にしているらしい提灯の灯《ひ》が、ぽつぽつと見えるだけで、涼み船の姿はない。すでに川風にも秋の冷気があり、汀《みぎわ》に打ち寄せる波の音にも物悲しいひびきがある。

しばらく待つと、かすかな足音がし永代橋の方から走ってくる人影が見えた。人影はひとつ、佐吉である。

「旦那、来やすぜ」

走り寄った佐吉が低い声で言った。

「ひとりか」

「へい」

「よし、ここから先はおれの出番だ。佐吉は、この陰から出るな」

そう言って、佐吉が走ってきた方へ目をやると、牢人ふうの男が月光に浮かびあがって見えた。

二刀を差し、飄然《ひょうぜん》と歩いてくる。

3

よれよれの茶の素袷、伸びた無精髭と月代、頬がこけ死人のような雰囲気をただよわせている。まちがいなく、浅次郎である。

宗二郎は、柳の樹陰からゆっくりと歩み出た。

浅次郎の足がとまり、宗二郎を見つめたまま身動《みじろ》ぎしなかった。

「始末人、蓮見宗二郎……」

宗二郎は刀の柄に右手を添えたまま対峙した。

ぬらりとつっ立ったまま浅次郎は動かない。黒い影だけが、そのまま立っているような不気味さがある。

「ひとりか」

浅次郎のうすい唇がかすかに歪んだ。陰鬱な顔に、警戒の表情が浮いている。宗二郎の異様な風貌に、ここ十日ほどの間に、宗二郎が何をしてきたか察知したようだ。

「いかにも、塚本浅次郎、始末をつけさせてもらうぜ」

言いざま、宗二郎は抜刀した。

浅次郎も抜く。宗二郎を見つめた双眸がうすくひかり、その痩身から異様な殺気を放射した。

間合は五間の余、遠間《とおま》だった。

宗二郎は遠間のまま下段に構えた。切っ先を相手の趾《あしゆび》につける地擦り下段である。

浅次郎も、切っ先を落とし下段に構えた。そして、体をかすかに揺らしながら、何か呪文のように唱えた。

その声は聞こえなかったが、宗二郎には、敵は舟、われは水、舟の動かば……、の清巌流兵法歌を唱えていることは分かった。

……あれは、立合いに没頭するための呪文だ。

と、宗二郎は察知した。

体を揺らし、呪文を唱えることで己を忘我の状態にするにちがいない。死人になりきるための一種の心法と言っていい。

浅次郎の刀身が、月光を反射して蛇腹のようににぶくひかっている。体の揺れはしだいに大きくなり、ジリジリと間合をせばめてきた。

宗二郎は背筋に寒気を覚えた。迫ってくる浅次郎に異様な威圧を感じ、霊気のようなものに全身をつつまれたような感じがしたのだ。

テエイッ！

遠間のまま、宗二郎は鋭い気合を発した。牽制のための気合ではなく、斬撃のために気を高揚させたのである。

宗二郎は、全身に一撃必殺の激しい気勢をこめ、地擦り下段のまま摺り足で一気に身を寄せた。まさに疾風のような寄り身である。遠間から一気に間境を越えて踏み込む、この迅速な寄り身が風走であった。

走り寄る宗二郎の全身には、激しい斬撃の気がみなぎっていた。まさに、突進する舟だった。

一瞬、浅次郎の顔に驚愕の表情が浮いた。まさか、五間余の遠間から斬りこんでくるとは思いもしなかったのであろう。それに迅い。しかも、構えは己より低い、切っ先が地を擦るような下段である。

わずかに、浅次郎の顔に逡巡《しゅんじゅん》するような表情が浮いた。斬撃の起こりが読めぬ、と察知したのかも知れない。

宗二郎は突進した。仕掛けてから間境を越えるまでほんの一瞬の間だったが、浅次郎は急迫する宗二郎を迎え撃つように、腰を沈めて顔の表情を消した。

間境を越える直前で、宗二郎は斬撃の気を放った。激しい寄り身からの仕掛けに、浅次郎が反応した。

フッ、と浅次郎の体が動いた。ふいに、その姿が宗二郎の眼前に膨《ふく》れ上がったように映った。

くる！

と察知した宗二郎は、一瞬腰を沈めて、両腕を下げた。

胸先に白光が疾《はし》り、右の二の腕にかすかな衝撃を覚えた。浅次郎の下段から斬り上げた切っ先が、上腕を襲ったのだ。

かまわず、宗二郎はわずかに体勢がくずれて隙の見えた浅次郎の胴へ、下段から突きをいれた。

だが、浅次郎の反応が宗二郎の読みより迅かったため、宗二郎の体勢もくずれ、突き出した切っ先は、浅次郎の左の脇腹の肉を削いだだけだった。

ふたりは一合して交差した。

ふたたび、五間ほどの間をとったふたりは、下段に構えたまま対峙した。

宗二郎の右上腕から血が流れ出ていた。骨までは達していない。肉を裂いただけである。

一方、浅次郎の左脇腹も着物が裂け、どす黒い血に染まっていた。

……互角か！

宗二郎はそう読んだ。

だが、浅次郎の顔が豹変していた。

目が攣《つ》りあがり、肩先がかすかに顫《ふる》えていた。動揺している。腹部を斬られて怯えが生じたか、己の体の血を見て逆上したかである。

「蓮見、わが浮舟の剣は破れぬぞ！」

ふいに、浅次郎が甲高《かんだか》い声をあげた。

下段に構えた切っ先が、小刻みに震えていた。

……水面が揺れている！

そのとき、宗二郎は、浮舟の剣に勝てると思った。

激情が死人のような冷静さを奪っている。水面が揺れていては、舟の立てる波紋を感知することはできないはずだ。

イヤアッ！

裂帛《れっぱく》の気合を発しざま、宗二郎は地擦り下段のまま疾走した。

宗二郎が間境を越えた刹那《せつな》、浅次郎は下段から斬り上げた。自ら先《せん》をとり、踏み込みもさっきより深い。その分、両者の間が狭まっていた。

だが、宗二郎はこの踏み込みと、そこからくりだされる太刀筋を見切っていた。

宗二郎はさらに深く腰を沈めて、この切っ先を躱《かわ》した。

浅次郎の切っ先が、宗二郎の胸元をかすめて虚空を払い、その体《たい》が流れた。間髪をいれず、宗二郎が下段から突きを放つ。

ヤアッ！

鋭い気合とともに、宗二郎の突きが浅次郎の腹を刺しつらぬいた。

刀身は鍔元《つばもと》まで刺さり、切っ先が浅次郎の背から抜けた。

一瞬、ふたりの体は密着し動きをとめたが、浅次郎が、グワッ、と吠え声をあげて宗二郎の胸を突き放した。

浅次郎は、両腕をだらりと垂らしたまま、その場につっ立っていた。素袷の腹部が血をどっぷりと含み、足元にだらだらと流れ落ちていた。その顔はどす黒く染まり、阿修羅《あしゅら》のような形相《ぎょうそう》である。

「お、おれは負けぬ……」

浅次郎は吐き捨てるように言うと、刀身を下段に落とし、足裏を擦るようにして間合をつめてきた。すでに覇気《はき》はなく、構えもくずれていた。

「浅次郎、冥府へ送ってやる！」

宗二郎は、つかつかと近寄ると、下段から斬り上げてきた浅次郎の刀身を払い、返す刀を横一文字に一閃させた。

ぐわっ、と喉を鳴らし、浅次郎の首が、一瞬伸びたように見えた。喉を深くえぐられた浅次郎は、顎《あご》や胸を血飛沫で染めながら前のめりに倒れた。

「旦那ァ！」

佐吉が駆け寄って来た。

宗二郎は倒れた浅次郎のそばにつっ立ったまま、虚空を睨んでいた。その体から殺気は消えていたが、返り血を浴びてどす黒く染まった顔には、まだ鬼神のような凄絶さが残っていた。

4

ゑびす屋のなかは賑わっていた。一日の仕事を終えた川並《かわなみ》、船頭、ぼて振りなどが、飯台で田楽を肴に酒を飲んでいる。すでにできあがっている客も多いらしく、店内は哄笑や濁声などでやかましかった。

仲秋の名月の月見も過ぎ、障子から入ってくる川風には秋の冷気がある。すこし肌寒かったが、酒のまわった肌にはかえって心地よかった。

宗二郎はいつもの奥の座敷で飲んでいた。めずらしく、佐吉と連れだって、暮れ六ツ（午後六時）ごろから腰を落ち着けていたのだ。

おさきは、しばらくふたりのそばで酒の相手をしていたのだが、店が混んでくると座を離れ、顔馴染みの川並や船頭などの間をまわって、いそがしそうにたち働いている。

「やっぱり、旦那、その方が男前ですぜ」

佐吉がうまそうに杯を干しながら、宗二郎に目をやった。

「そうか……」

宗二郎は髭を剃った顎を指先で撫でながら、目を細めた。

まだ、陽のあるうちに湯に入り、髪結《かみゆ》いで髷《まげ》を結い直し髭もきれいに当たって出かけて来ていたのだ。顔もさっぱりしたし、それに始末料がたんまり入ったばかりだったので、懐も暖かい。

「今夜あたり、おさきさんが、何か言い出すかもしれませんぜ」

佐吉が、猫のように目を細め、ニンマリ笑って言った。

「そうかな。まァ、飲め、今夜はおれのおごりだ」

宗二郎は機嫌よく、佐吉に酒をすすめる。

「それに、若松のふたりですがね。いよいよ、いっしょになるそうですぜ。もっとも、祝言の方は政次さんの一周忌が終わるまでお預けだそうですがね」

佐吉が杯を受けながら言った。

「それはよかった」

利之助もおさよも、政次が昔、夜鴉の吉蔵という夜盗だったことは知らない。偶然、夜道で賊と出会って殺されたことになっていた。

「元締の話ですとね。船頭の政次、いや、吉蔵は腕のいい錠前屋だったらしいと言ってやしたぜ」

佐吉が言った。

その話は、宗二郎も文蔵から聞いていた。

「あたしの推測ですが」

と、文蔵は断った上で話しだした。

吉蔵は、腕のいい錠前屋ということで、夜盗に見込まれ、一味に引き入れられたにちがいないという。

やがて、吉蔵は錠前破りの腕を仲間たちに認められて頭目となり、江戸の町を荒らすようになった。その片腕だった男が熊造である。

吉蔵は夜盗になっても人間らしい優しさを失わなかったとみえ、金は奪うが人を傷つけるようなことはしなかった。

ところが、十五年ほど前、増田屋に押し入ったときに、待ち伏せていた文蔵に仲間のひとりが捕らえられ、舌を嚙み切って死んでしまった。

仲間の身を守るために、若者が己の舌を嚙み切って死んだことに衝撃を受けた吉蔵は、それまでに奪った金を仲間うちで分けてきっぱりと足を洗った。

「自分の子の利之助が、当時五、六歳になってたはずです。おそらく、倅のことも考えたんでしょうな。吉蔵は政次と名をあらため、知り合いだった徳兵衛に金を出して船宿をやらせ、自分は船頭におさまったんですよ。……一方、熊造はその金を元手に口入れ屋をはじめた。そして、むかしの仲間を雇い人として引き入れたわけです。あとは、蓮見さまのご存じのとおりですな」

鳴海屋の二階の座敷で聞いていた宗二郎は、

「腕のいい大島や浅次郎を仲間に引き入れ、始末人を襲わせたわけは」

と、訊いた。

宗二郎は、始末人が店を守っていては押し込めないという理由だけではないような気がしたのだ。

江戸には多くの富裕な商人がいる。深川や本所にこだわらなければ、いくらも鳴海屋のかかわらない大店はあるのである。

「ひとつは、鳴海屋に対する恨みでしょうな。……もうひとつは、頭目だった吉蔵に対する当てつけですな。おれは、始末人など恐れはしねえ、始末人の守ってる店にもきっちり押し入って、金を奪ってみせる、と吉蔵にも仲間にも示したかったんでしょうな。増田屋をしつっこく狙ったのもそのせいですよ。十五年前、失敗した同じ店を狙い、おれはおまえのようなどじは踏まねえ、と言いたかったんでしょう」

「なるほど。……ところで、熊造は吉蔵が政次という名で若松の船頭をやっていたことを知っていたのか」

宗二郎が訊いた。

「さて、どうでしょうな。わたしは、伊佐次が熊造に若松の話をしたとき政次のことにも触れ、それで、気付いたとみてるんですが……。ともかく、政次の方は熊造の犯行に気付いていて、一味が町方に捕らえられて昔の夜鴉の吉蔵の名が出ることを恐れたわけです。それで、姿をくらまして熊造たちの動きを探り、それとなくわたしに告げたわけですよ」

「そういうことか」

文蔵は推測だと断ったが、宗二郎はそのとおりだろうと思った。

佐吉は、クイと杯を飲み干すと、

「あのふたりは、いい夫婦になりますぜ。……それにしても、政次に孫の顔を見させてやりたかった」

そう言って、シュンと洟《はなみず》をすすり上げた。

佐吉にはおせつという娘がおり、指物師《さしものし》と所帯をもっていた。その娘に去年、男子が生れ、佐吉に初孫ができたばかりだったのである。そんなこともあって、佐吉は政次の気持が身にしみるのであろう。

「それにしても、親子の絆《きずな》は強いものだな。子が良くなるのも、悪くなるのも親次第かも知れぬ」

宗二郎は浅次郎のことを思った。

幼いころから、父親に剣を教えられた浅次郎は、武士としても厳格に育てられたのではないだろうか。その父を失った後、浅次郎は柳原の土手で春を売っている卑猥な母親の姿を見てしまったのかもしれない。その姿に逆上した浅次郎は、自分の手で母親を斬ってしまった。そのとき、親子の絆を切ると同時に、武士としての己はむろんのこと人としての己も斬って捨てたのだろう。

一方、利之助は、盗賊の子でありながら子の行く末を思う親の情に守られ、すなおな若者に育ち、おさよという心やさしい娘と所帯をもとうとしている。この先、幸せに暮らしていけそうである。

「そうですとも、あっしの孫は松吉《まつきち》てえんですがね。かかァに、くっついて離れねえんですぜ」

佐吉は少し的はずれなことを言って、目尻を下げた。

そのとき、衝立の向こうでせわしそうな下駄の音がし、おさきが顔を出した。

「だれが、くっついて離れないの」

おさきは宗二郎の脇へ座ると、あたしのこと、と言って、わざとらしく宗二郎の胸に肩先をくっつけた。

「なに、おさきも、そろそろ身をかためた方がいいって話してたとこだ」

宗二郎が、すばやくおさきの尻に手をまわしながら言った。

「あたしだって、その気なのよ。……でもさ、だれかさんが、なかなか煮え切らないからね」

おさきは身をよじるようにして、肩先を宗二郎の胸に押しつけてきた。

「それじゃァ、あっしは、そろそろ退散しやしょうかね。せっかく、煮えてきたふたりの仲に水を差しちゃァわるいですからね」

佐吉がそう言って立ち上がると、宗二郎も脇の柱に立て掛けてあった刀に手を伸ばした。

「おれも、帰ろう。……そろそろ看板ではないか」

見ると、土間の飯台には、五、六の客が残っているだけだった。

いつの間にか、四ツ（午後十時）過ぎている。頭をくっつけ合うようにして話している二人組の船頭や、酔いつぶれて飯台につっ伏している川並などにも、宵の口の元気はないようだ。

「ちょっと、待っておくれ」

そう言って、おさきは慌てて調理場へもどると、竹の皮に包んだ握り飯を持ってもどってきた。

「これ、明日の朝餉《あさげ》にして」

おさきは宗二郎に手渡し、ふたりを暖簾の外まで送って出た。

戸口からもれる灯《ひ》の外へ出ると、おさきは急に身を寄せ、宗二郎の耳元で、

「さっきの話だけど、あたし、本気なの……」

と、鼻声で囁《ささや》いた。

腰を押しつけるように身を寄せ、宗二郎を見上げた眸《め》が濡れたようにひかっている。

「そ、そうか、おれもな……」

喉をつまらせ、宗二郎はおさきを引き寄せようと振り向いた。

だが、そのとき、おさきの腰に伸ばした宗二郎の手が、スッと落ちた。暖簾の奥に人影が見えたのだ。父親の喜八らしい。

人影はすぐに見えなくなったが、宗二郎ののぼせた頭は、冷水でも浴びせられたように一気に覚めた。

さっき佐吉と話していた親子の絆という言葉が頭をよぎり、おさきが父親の喜八とふたりだけでゑびす屋を切り盛りしていることをあらためて思い出したのだ。

「ねえ、どうしたのよ」

おさきは、形のいい唇を突き出すようにして宗二郎の方へ顔をあげた。

「な、なに、田楽屋がな……」

ここで、おまえを抱くと田楽屋を継がねばならぬ、という言葉を飲み込んだまま、宗二郎はその場につっ立っていた。

〈了〉

解　説

郷原　宏

手に汗にぎる、息もつかせぬ、胸をうつ、目をみはる、血わき肉おどる……。

大衆小説の面白さを表わす言葉には、なぜか昔から具体的で生々しい身体の比喩を使ったものが多い。時代小説から冒険小説まで、およそ大衆小説と名のつく文芸作品の宣伝コピーはすべて、こうした常套句《クリシェ》の順列組合せで成り立っているといっても過言ではない。

しかし、それは必ずしもそのコピーの作者の怠慢を意味しない。大衆小説はもともと大衆の血と肉のなかに、いいかえれば読者の全身的な感動の上に成立の根拠を置いていたはずだからである。

大衆小説の読者は、いうまでもなく大衆である。大衆は生活者である。生活者は人生の達人である。人生の達人は、小説に青臭い「文学」を求めたりはしない。

大衆が小説に求めるものは、人生の苛酷さに見合う夢であり、今日の労働に対する休息であり、明日の現実に立ち向かうための心の糧《かて》であり、卑小な現実をしばし忘れることのできる全身的な感動である。そしてそれが全身的な感動であるためには、彼は主人公とともに汗をかき、涙を流し、息をつめ、胸をおどらせなければならない。

ところが、現代の大衆小説は、こうした感動の直接性を失ってしまった。作家たちは表現の巧緻と洗練を競うあまり、大衆小説が本来持っていた血と汗と土の匂いをどこかに置き忘れてしまったようである。特に時代小説作家にこの洗練志向が強いようで、いわゆる市井物や史伝小説の類は、私のように昼はチャンバラごっこ、夜は貸本屋で借りた時代小説や探偵小説を読んで育った読者には、なんだか少しお上品すぎて、自分たちの小説という感じがしない。

時代小説の古典とされる中里介山の『大菩薩峠』や吉川英治の『宮本武蔵』は、私見によれば決してお上品な小説ではない。今にして思えば、ずいぶんと雑駁でけれん味の多い、文字どおりの通俗読物だった。にもかかわらず、あるいはむしろそれゆえに、そこには読者の共感を誘ってやまない全身的な感動があった。かつて大衆小説をいろどったあの輝かしい比喩たちは、もはや完全に死語と化してしまったのだろうか。

いやいや、そんなことはない。お望みとあらばいつだって、手に汗にぎる、息もつかせぬ、胸をうつ、目をみはる、血わき肉おどる面白い小説を書いてみせましょう、という頼もしい作家がここにいる。剣豪小説の旗手、鳥羽亮氏である。

本書の読者なら先刻ご承知のように、鳥羽氏は平成二年（一九九〇）に『剣の道殺人事件』で第三十六回江戸川乱歩賞を受賞してデビューした。剣道の試合中に選手が腹部を刺されて死ぬという衆人環視のなかの殺人を扱ったハウダニット（手口さがし）ミステリーの秀作である。当時たまたま乱歩賞の予選委員をしていて、この作品をナマ原稿で読むという幸運に恵まれた私は、衆人環視のなかの密室という状況設定の斬新さもさることながら、試合場面の臨場感と剣の道をめぐる葛藤の描き方により大きな感動をおぼえた。そして最終候補作を決める予選会の席上で、「この人はいずれ剣豪小説を書くことになるだろう」と予言したことを記憶している。作者自身が剣道三段の剣豪であることを知ったのは、受賞が決定したあとのことである。

果たして、予想は的中した。鳥羽氏はその後、『指が哭《な》く』（一九九二）をへて『警視庁捜査一課南平班』（一九九三）を第一作とする警察小説シリーズを発表したが、平成六年（一九九四）の『三鬼の剣』以後は、もっぱら剣豪小説に作家としての方向を定めたように見受けられるからである。

ひとくちに剣豪小説といっても、その内容は一様ではない。吉川英治『宮本武蔵』や村上元三『佐々木小次郎』のように実在の人物に取材した伝記色の強いもの、藤沢周平『隠し剣孤影抄』や津本陽『剣に賭ける』のように剣人一体の境地を描いた士道小説、柴田錬三郎

『眠狂四郎無頼控』や五味康祐『柳生武芸帳』に代表される痛快なチャンバラ活劇など、さまざまな流儀と形式がある。このうち最も文学的な品位が高いのはおそらく士道物だろうが、「血わき肉おどる」という大衆小説の標語に最もふさわしいのは、もちろんチャンバラ活劇である。チャンバラ活劇こそ時代小説の華だといっても、おそらくどこからもクレームはつかないだろう。

鳥羽氏にも『刺客柳生十兵衛』や『柳生連也斎――決闘・十兵衛』といった伝記物の力作がある。宮本武蔵と柳生兵庫助を対比的に描いた近作『覇剣』も、どちらかといえばこの系列に含まれる。しかし、この作家の特色が最もよく表われているのは、なんといっても『三鬼の剣』『鬼哭《きこく》の剣』『秘剣 鬼の骨』『首売り――天保剣鬼伝』と続く一連のチャンバラ小説である。五味、柴錬なきあと長らく鳴りをひそめていたチャンバラ小説は、この作家の登場によって久しぶりに息を吹き返したといっていい。

チャンバラ小説にもまた、さまざまな流儀と形式がある。五味康祐は剣戟《けんげき》場面を極度に省略して描くことによって、そこに一種の詩情を漂わせることに成功した。柴田錬三郎は混血剣士の円月殺法などという絵空事に徹することによって独特の美学を打ち立てた。藤沢周平や伊藤桂一は剣を人間性の発露としてとらえ、そこに悲喜こもごもの人生を集約してみせた。

鳥羽氏のチャンバラ小説は、そのすべての要素を含みながら、しかし、いずれの流派にも属していない。その最もわかりやすい特長は、剣豪の立ち合い場面を一種のスポーツとしてとらえ、彼らの一挙手一投足を運動力学的に解説してみせるという、いわば実況中継的な方法である。これはまさしく剣道の実戦経験を持つこの作家ならではの小説作法であり、その作品の類いまれな臨場感とリアリティの秘密だろうと思われる。

鳥羽作品のもうひとつの特長は、主人公がいずれも人生に挫折して貧しい長屋暮らしを余儀なくされている牢人《ろうにん》であり、理不尽な攻撃から愛する者を守るために止むをえず剣を持って立ち上がるという巻き込まれ型サスペンスの構造になっていることである。そのとき、彼にとって敵を倒すことは、そのまま失われた自尊心の回復に重なっている。その意味で、鳥羽氏の剣豪小説はすべて自己救済とアイデンティティ回復の物語だといえなくもない。

鳥羽作品の第三の特長は、敵役のなかに主人公の力量を上回る強力なライバルがいて、主人公が悪戦苦闘の末にそれを打ち破るという一種の成功物語《サクセスストーリー》の形式になっていることである。その場合、敵が強力であればあるほど、成功への階梯が苦渋に満ちたものであればあるほど、主人公に対する読者の感情移入は強まるといっていいが、この点に関しても鳥羽氏は実に周到な作家であって、悪玉はしばしば善玉以上に魅力的である。その作品の多くが、大量の血にまみれた残酷で凄惨な物語でありながら、読後の印象が妙に爽やかなのは、おそらく彼らの死にざまが魅力的なせいに違いない。

さて、本書『浮舟の剣――深川群狼伝』は講談社文庫創刊三十周年を記念して書き下ろされた、産地直送の剣豪小説である。主人公の蓮見宗二郎は渋沢念流の遣い手で、稼業は始末屋。北本所番場町の蓮見道場の次男坊だが、兄が嫁をもらったのを機会に家を出、深川入船町の甚助長屋に住み着いた。行きつけのゑびす屋の出戻り娘おさきに言い寄られているが、田楽屋の商売を継がされるのが恐くて、まだ手は付けていない。この男、鳥羽作品の主人公には珍しく、暗い影をまったく感じさせない好青年である。

始末屋というのは、本来は岡場所や水茶屋で金が払えなくなった客を家まで送って始末を付けさせる商売だが、宗二郎の属する鳴海屋文蔵方では、深川、本所方面の大店《おおだな》と契約して、同業者とのもめ事から雇い人の不始末まで、各種のトラブルを一手に処理する現代の警備保障会社のような仕事を請け負っている。宗二郎はいわば臨時の用心棒といった役どころで、職場の同僚には有馬一刀流の遣い手臼井勘平衛のほか、猫足の佐助、鵺野《ぬえの》ノ銀次、泥鰌屋の伊平、銀次の女房の小つる、とぎ屋の孫八など、それぞれ一芸に秀でたヒキ役がいる。こうした豪華で多彩な脇役陣もまた、鳥羽作品の見逃せない特長のひとつである。

敵役がまたすばらしい。玄武流槍術の達人大島兵部。この男の秘術岩燕《いわつばめ》と臼井勘平衛の有馬一刀流波月《はげつ》との対決は、物語前半の大きなヤマ場になっている。そして「敵は舟、われは水なり」という奇妙な兵法歌を口ずさむ清厳流の遣い手、塚本浅次郎。父の死後、娼婦になった母を斬って逃亡したこのニヒルな剣士こそ、悪玉のスターにして宗二郎の宿命のライバルである。最初の対決で浅次郎の「浮舟の剣」に敗れた宗二郎は、臥薪嘗胆《がしんしょうたん》、艱難辛苦《かんなんしんく》の末に見事その妖剣に打ち克つのだが、ここでこれ以上物語の内容に立ち入るのは、読者の「知らされない権利」への侵害となるだろう。

こういう面白い小説を読んで血わき肉おどらないような人と、私は友達になりたくない。

本書は講談社文庫30周年記念書き下ろし作品です。

|著者|鳥羽 亮　1946年生まれ。埼玉大学教育学部卒業。1990年『剣の道殺人事件』で第36回江戸川乱歩賞を受賞。著書に『覇剣　武蔵と柳生兵庫助』『秘剣　鬼の骨』『妖鬼の剣』『三鬼の剣』『隠猿の剣』『鱗光の剣』など。

浮舟《うきふね》の剣《けん》

鳥羽《とば》 亮《りょう》

2001年11月15日第1刷発行

発行者——野間佐和子

発行所——株式会社 講談社

東京都文京区音羽2-12-21　〒112-8001

電話 出版部 (03) 5395-3510
　　 販売部 (03) 5395-3626
　　 業務部 (03) 5395-3615

Printed in Japan

講談社文庫

定価はカバーに表示してあります

デザイン—菊地信義

製版——信毎書籍印刷株式会社

印刷——信毎書籍印刷株式会社

製本——有限会社中澤製本所

落丁本・乱丁本は小社書籍業務部あてにお送りください。送料は小社負担にてお取替えします。なお、この本の内容についてのお問い合わせは文庫出版部あてにお願いいたします。　(庫)

ISBN4-06-273310-2

講談社文庫刊行の辞

二十一世紀の到来を目睫に望みながら、われわれはいま、人類史上かつて例を見ない巨大な転換期をむかえようとしている。

世界も、日本も、激動の予兆に対する期待とおののきを内に蔵して、未知の時代に歩み入ろうとしている。このときにあたり、創業の人野間清治の「ナショナル・エデュケイター」への志を現代に甦らせようと意図して、われわれはここに古今の文芸作品はいうまでもなく、ひろく人文・社会・自然の諸科学から東西の名著を網羅する、新しい綜合文庫の発刊を決意した。

激動の転換期はまた断絶の時代である。われわれは戦後二十五年間の出版文化のありかたへの深い反省をこめて、この断絶の時代にあえて人間的な持続を求めようとする。いたずらに浮薄な商業主義のあだ花を追い求めることなく、長期にわたって良書に生命をあたえようとつとめるところにしか、今後の出版文化の真の繁栄はあり得ないと信じるからである。

同時にわれわれはこの綜合文庫の刊行を通じて、人文・社会・自然の諸科学が、結局人間の学にほかならないことを立証しようと願っている。かつて知識とは、「汝自身を知る」ことにつきていた。現代社会の瑣末な情報の氾濫のなかから、力強い知識の源泉を掘り起し、技術文明のただなかに、生きた人間の姿を復活させること。それこそわれわれの切なる希求である。

われわれは権威に盲従せず、俗流に媚びることなく、渾然一体となって日本の「草の根」をかたちづくる若く新しい世代の人々に、心をこめてこの新しい綜合文庫をおくり届けたい。それは知識の泉であるとともに感受性のふるさとであり、もっとも有機的に組織され、社会に開かれた万人のための大学をめざしている。大方の支援と協力を衷心より切望してやまない。

一九七一年七月

野間省一